Muriel LEDHEM

Ce jour qui a tout changé

© 2019, Ledhem, Muriel
Edition : Books on Demand,
12/14 rond-Point des Champs-Elysées, 75008 Paris
Impression : BoD - Books on Demand, Norderstedt, Allemagne
ISBN : 9782322134212
Dépôt légal : août 2019

Chapitre 1

Jamie Lee Baxton était une avocate de grande renommée et pour des raisons sentimentales, elle dut quitter Los Angeles où elle dirigeait son propre cabinet d'avocat, pour venir s'exiler dans une petite ville de France. Le cœur lourd, elle décida de s'installer en Normandie afin d'oublier son chagrin et d'enterrer les mauvais souvenirs. Elle préféra la ville d'Avranches près du Mont Saint Michel pour la tranquillité de ses habitants et la beauté du paysage qui laissait rêveur. Jamie Lee avait déjà fait l'acquisition d'une petite maison. Après avoir vendu la sienne à Los Angeles, elle n'avait qu'une envie, s'installer en France. Elle avait, ultérieurement, contacté le tribunal d'Avranches afin d'y occuper un des bureaux. C'était une jeune femme très indépendante et travailler ne lui faisait pas peur. La réponse qu'elle espérait fut diligente, elle était acceptée et déjà, du travail l'attendait. Dotée d'un bagage impressionnant en études de droit, et de grandes ambitions, la jeune femme n'aspirait qu'à un épanouissement personnel et un travail sans relâche à l'ordre des avocats au barreau.

La lumière du soleil levant illuminait la Baie du Mont Saint Michel et, ce matin-là, Jamie Lee se préparait pour sa première journée de travail. A son arrivée, elle fut très surprise de l'accueil de ses nouveaux collègues. Pas moins de six avocats occupaient les bureaux et, tous avaient une très bonne renommée. Rapidement, elle s'était bien adaptée et tout le monde éprouvait de la sympathie envers elle.

Très belle, elle savait se mettre en valeur. Tout juste la trentaine, elle mesurait 1m70 pour 70 kilos. Ses cheveux longs laissaient apparaître de belles boucles qui ondulaient à chacun de ses mouvements. Sa silhouette fine et légère ne laissait pas indifférent les hommes qu'elle rencontrait.

Jamie Lee avait achevé son emménagement et se sentait bien dans sa nouvelle maison qu'elle décora avec goût. Son petit « chez elle » était devenue la maison de ses rêves. Elle travaillait sans relâche et avait déjà plaidé et rendu son verdict sur beaucoup d'affaires à Los Angeles, toutes plus différentes les unes que les autres. Ce matin là, était pour elle un jour exceptionnel car elle avait en charge une affaire très importante. Un homme basané, à peine la trentaine, avait lors de la création de son entreprise, emprunté les noms et logos d'une autre société, d'envergure de surcroît. Il avait abusé de la gentillesse du directeur afin de lui soutirer des renseignements et des informations concernant la direction et la gérance, mais surtout, il avait essayé de lui soustraire ses clients en voulant traiter les mêmes affaires à des prix concurrentiels. Il pensait que cela lui donnerait un petit coup de pouce pour le démarrage de sa nouvelle société. Malheureusement, son affaire n'a pas fonctionné, et le directeur s'en est très vite aperçu. Il décida donc de porter plainte et ne voulait pas laisser cette histoire sans suite. On venait de lui confier la défense du jeune homme. Elle savait pertinemment que son client n'allait pas être des plus faciles. Elle souhaitait comprendre le jeune homme et en même temps, elle trouvait inexplicable et impardonnable ce qu'il avait fait.

Avant d'entamer cette nouvelle affaire, elle irait comme tous les jours, faire un grand plongeon dans la piscine du club où elle était inscrite depuis son arrivée à Avranches et, se détendrait au sauna. Elle privilégiait ces instants, car c'était pour elle, un moyen d'oublier toutes ces journées harassantes et éprouvantes et aussi d'échapper à toutes pensées négatives.

Elle devait, dans un premier temps, enquêter sur le passé du jeune homme mais aussi, le convoquer afin d'en savoir davantage avant la date butoir, mais aussi, éclaircir certaines zones encore sombres à son goût. Elle s'était aperçue qu'il avait déjà eu d'autres démêlés avec la justice. Il n'en était pas à sa première affaire devant le tribunal correctionnel et de police. Au cours des cinq dernières années seulement, il avait commis plusieurs infractions et de nombreuses plaintes avaient été déposées à son encontre. Il aurait, selon le casier judiciaire joint à son dossier, conduit sans permis (son permis de l'armée n'était pas validé), frappé sur des femmes qui auraient porté plainte contre lui ainsi que sa propre femme, volé des bijoux et de l'argent à son entourage puis, l'affaire en cours. Jamie Lee ne voulait pas en lire davantage et, sans aucun remords, prit rendez-vous avec son client. Elle se sentait, en quelque sorte concernée par cette affaire, car en tant que représentante de la gente féminine, elle comprenait et compatissait aux plaintes de ces jeunes femmes. Elle se devait également, en tant qu'avocate, de faire son travail. Elle commença par prendre contact avec son client et tous les témoins et victimes de cette affaire, du Directeur de l'entreprise à la femme de l'accusé. Elle déposa sur le dossier, un numéro de référence et le nom de son client.

Le jeune homme expliqua à son avocate, les faits dans ses moindres détails. Jamie Lee n'arrivait pas à en croire ses oreilles, cet homme imbu de sa personne ne faisait que bavasser. Il semblait avoir déjà préparé sa défense tout seul. Très sûr de lui et en accord avec ses propos, il trouvait toujours des arguments bien fondés à chacune des questions posées. On aurait presque pensé qu'il connaissait les questions à l'avance. Elle sentait d'ores et déjà que cette affaire allait lui donner du fil à retordre.

Agacée par son comportement et sa manière désinvolte de répondre, elle préféra y mettre un terme et se contenta des réponses qu'elle avait. Elle n'en souhaitait pas davantage.

Cette affaire la hantait jour et nuit, elle y pensait sans cesse et se posait toujours les mêmes questions : « Pourquoi ? Comment ? ».

Les dires du jeune homme ne lui convenaient pas. Elle décida d'interroger son entourage et convoqua ses plus proches amis et voisins à son cabinet. Très professionnelle, Jamie Lee mena sa petite enquête. Elle insista sur des faits plus ou moins importants. Tout le monde avait le même discours, comme s'ils s'étaient concertés avant de venir. Elle resta tout de même persuadée que le jeune homme craquerait ou qu'il se trahirait tôt ou tard. Les yeux rivés sur les documents et les notes prises, elle semblait contrariée. Tout lui paraissait trop simple et de plus, il n'avait pas essayé de nier les choses qu'on lui reprochait. Bien au contraire, il s'en accommodait ou donnait des répliques toutes faites et ne contestait jamais rien.

Une question pourtant, revint sans cesse à l'esprit de Jamie Lee. Elle voulait savoir s'il reconnaissait avoir battu sa femme et surtout pourquoi l'avait-il fait, même si cela n'avait aucun rapport avec l'affaire en cours. Elle souhaitait avoir une idée plus précise sur le personnage et si elle pouvait lui accorder un minima sa confiance pour une meilleure défense.

Calmement et posément il répondit :

- Avec tout le respect que je vous dois, Maître, elle m'avait poussé à bout, je ne l'ai frappé qu'une seule fois, et ce fut pour moi un geste regrettable.

Toutes ces réponses bien conçues et la gentillesse qu'il condescendait à montrer, on lui aurait donné le bon Dieu sans confession. Malgré l'intérêt qu'elle lui accordait, elle sentait que ce n'était qu'une façade et tout ce qui lui importait, c'est qu'il reconnut les faits. Il avait avoué avoir subtiliser la liste des clients de son ami ainsi que de s'en être servi à des fins professionnelles. Une once de satisfaction s'empara de la jeune femme. Il avait aussi reconnu avoir battu sa femme, mais cela serait classé sans suite car ce n'était pas les faits reprochés et aucune plainte n'avait été déposé ultérieurement. En tant qu'avocate, elle se devait de tout savoir afin de préparer au mieux sa défense. Éreintée par cette journée et tous ces rendez-vous qui n'en finissaient plus, elle rentra se plonger dans un bain bien chaud.

Un nouveau jour se leva et Jamie Lee n'avait pas beaucoup dormi, elle s'était penchée sur le dossier toute la nuit. Il fallait donner une bonne leçon à ce jeune récidiviste pensa-t-elle. Il devait comprendre que l'on ne doit pas agir et se comporter comme il l'avait fait. Ses actes étaient inconsidérés certes, mais elle devait lui faire prendre conscience de leur gravité. Elle s'entretiendrait avec le juge en charge de l'audience et lui exprimera son souhait de donner une leçon de conduite et d'humanité à ce jeune homme. En route vers le bureau et, dans ses pensées, elle marchait sans prendre conscience des gens qui l'entouraient. Comme un aveugle, son chemin elle le connaissait puisqu'elle l'empruntait quotidiennement, il était devenu une sorte de rituel. Elle se demandait surtout par quel genre d'individu commencerait sa journée.

Arrivée au cabinet, elle posa ses dossiers sur son bureau, enleva sa veste et s'assied en poussant un énorme soupir. Elle entendit frapper.

- Oui ? Entrez ! Dit-elle.

Un homme à la peau hâlée entra. Une odeur de whisky se dégagea de lui. Ecœurée, elle porta son index sous son nez. *Comment les gens peuvent-ils boire de si bonne heure ? Pensa-t-elle.* L'homme prit un siège à sa demande. Elle eut un regard gênant envers lui et le prit, en une fraction de seconde, pour un clochard, bien que sa tenue vestimentaire fût irréprochable. D'apparence respectable, elle fit abstraction à l'odeur qui se répandait déjà dans tout le bureau et commença à poser les premières questions en rapport avec son état civil, son adresse ainsi que sa situation professionnelle et personnelle. Elle voulait connaître les relations qu'il entretenait avec l'accusé. C'était son voisin de palier il avait environ trente cinq ans et se connaissaient très bien puisqu'ils fréquentaient les mêmes lieux et avaient la majorité de leurs amis en commun. Bien entendu, à ses yeux, son ami passa pour un saint et de plus, il laissa entendre que son jeune âge pouvait justifier ce qu'il avait fait. Outrée et offusquée par ce qu'elle venait d'entendre, elle retint sa respiration pour ne laisser échapper aucune émotion qui pourrait la trahir. Elle voulait rester neutre, se contenter seulement d'écouter. Il répondit à toutes les questions sans aucune gêne et repartit du cabinet l'air satisfait.

Naturellement, son témoignage servirait lors de l'audience, mais pour bien le défendre, elle ne pouvait pas se contenter de ce qu'elle avait entendu, il lui en fallait d'autre. C'était pour elle insuffisant car tout était en la faveur de l'accusé. Elle voulait quelque chose qui puisse montrer qu'il n'était pas « un saint » comme tout le monde s'évertuait à le penser.

Une demi-heure plus tard, ce fut le tour de l'épouse du jeune homme. Elle était venue apporter un témoignage tout à fait différent des autres, puisqu'elle voulait faire ressortir la façon dont son mari se comportait avec elle dans la vie de tous les jours. Jamie Lee ne pouvait qu'apprécier. Elle lui posa d'abord toutes sortes de questions sans rapport direct avec l'affaire en cours. Elle voulait entendre, avant toute chose, ce que cette femme ressentait au juste pour son mari, si elle le haïssait ou si au contraire elle le soutenait. Même à des questions « pièges », elle répondit avec probité et très naturellement. Jamie Lee était convaincu des sentiments de cette jeune femme envers son mari. Vinrent ensuite les questions en rapport direct avec les accusations portées. Elle ne dénigra pas son mari, mais elle se contenta de dire uniquement la vérité sur ses faits et gestes. Elle ne souhaitait pas être sa complice. Jamie Lee prit scrupuleusement des notes et n'omit aucun détail. Elle se permit aussi de conseiller à la jeune femme de prendre contact avec un psychologue afin de pouvoir parler de tout cela mais également des violences dont elle avait été victimes et pour lesquelles il n'y avait jamais eu de suites. Celle-ci refusa par amour pour son mari mais aussi par peur de lui. Jamie Lee n'insista pas d'avantage. Les deux jeunes femmes s'échangèrent un léger sourire après une heure d'entretien et se quittèrent par une légère poignée de main.

* *
*

L'heure du déjeuner arriva très vite et Jamie Lee avait faim. Elle fit donc une pause. Soucieuse, elle rangea ses dossiers sans relire ses notes. Un sandwich au coin d'une table et une canette de coca lui suffisaient amplement. Sans prendre la peine de regarder autour d'elle, elle avalait son pain à petites gorgées. Son esprit vagabondait et ses pensées étaient pour son jeune client.

Jamie Lee était une jeune femme très consciencieuse et ne vivait que pour sa carrière, elle prenait à peine le temps de s'occuper d'elle. Son sac en main, elle régla sa note et reparti pour le cabinet car un grand nombre de rendez-vous l'attendait encore.

Sur le chemin du retour, alors qu'elle paraissait très fatiguée, elle fut prise d'un malaise et s'évanouit en pleine rue. Un homme qui se trouvait sur le trottoir d'en face, accouru pour voir ce qui se passait. A sa hauteur, il la trouva allongée par terre semi consciente. Il prit sa tête au creux de son épaule virile en lui tapotant légèrement la joue. Elle revint à elle. La jeune femme se redressa et un mal de tête l'envahit subitement.

- Mais ! Qui êtes-vous ? Que m'est-il arrivé ?
- Calmez-vous mademoiselle, vous venez d'avoir un malaise, je vais vous conduire à l'hôpital pour voir si tout va bien.
- A l'hôpital ? Non, je ne veux pas aller à l'hôpital, je me sens très bien, je suis juste un peu fatiguée c'est tout. Je ne dors pas beaucoup en ce moment, j'ai trop de travail.

L'homme laissa courir son regard sur le corps de la jeune femme. Malgré son mal de tête, elle se sentit rougir.

- Pourriez-vous me raccompagner chez moi ? Lui dit-elle timidement.

- Si je peux ? Je ne vais quand même pas vous laisser rentrer toute seule ! Reprit-il d'un ton presque moqueur.
- C'est gentil, je vous remercie.

Elle lui indiqua le chemin. Sans un mot, il se contenta de rouler. Arrivée à son domicile, il suggéra d'entrer un instant, mais à sa grande surprise, elle refusa.

- Si vous ne voulez pas que je vous tienne compagnie en attendant de voir si vous allez mieux, je vous laisse ma carte de visite et surtout, au moindre souci, n'hésitez pas à m'appeler, je serai là dans les minutes qui suivent.

Il lui fit promettre de le rappeler en cas de problème. Avant de franchir la porte, il lui déposa un baiser très doux sur le front.

- J'espère vous revoir bientôt, lui avait-il murmuré avant de tourner les talons.

La porte se referma derrière lui. Un bonheur et une joie intense, bien plus qu'étrange, s'emparaient de la jeune femme. Un seul regard envers cet homme la troubla et lui procurait une sensation de bien-être et, un désir encore inavoué emprisonnait son corps brûlant de passion. Plongée dans l'océan turquoise de ses grands yeux, elle pu observer à quel point il était sensuel et irrésistible. *Redescends sur terre ma chérie, se dit-elle à voix haute ! C'est sûrement un homme marié et puis la fatigue te joue des tours !* Comment un étranger pouvait-il s'inquiéter de sa santé, alors qu'elle venait de subir un gros échec sentimental avec un homme qu'elle pensait être pour l'éternité ?

Après six ans de vie commune et d'amour intense, elle croyait que Peter était un homme honnête et sincère. Mais les apparences furent contre lui, elle s'était trompée sur toute la ligne. Peter n'était qu'un imposteur. Comme on le dit si bien, « l'habit ne fait pas le moine ».

Très heureuse d'avoir gagné une affaire difficile, face à un confrère de grande renommée, elle rentra plus tôt de son travail en espérant fêter cela avec son compagnon. Sa joie et sa gaieté se sont éteintes pour laisser place à de la tristesse et au mépris en voyant Peter dans leur chambre à coucher avec une autre femme. Pendant très longtemps, elle considéra ces six années de vie commune comme six ans de mensonges et une perte de temps considérable. Elle lui avait tout donné, un amour qu'elle croyait sans limites et une confiance aveugle.

Mais un sourire lui embellit joliment le visage, à la seule pensée de cet homme qui s'inquiétait pour elle. Puis, subitement, elle se sentie de nouveau très fatiguée et décida d'aller s'allonger un instant. Elle prit soin de prévenir sa secrétaire, Linda, afin d'annuler les rendez-vous de l'après-midi. Elle régla son réveil à vingt et une heures pour grignoter un petit quelque chose. Avant de s'endormir, elle regarda l'heure. Le réveil indiquait quatorze heures trente, et sans s'en rendre compte, elle plongea dans un profond sommeil. Un cri dans la rue, la fit sursauter et sangloter sur son lit, comme si elle sortait tout droit d'un terrible cauchemar. Elle se frotta les yeux, tel un enfant au réveil, et constata rapidement qu'il était déjà huit heures. Elle devait être à son cabinet pour neuf heures. Elle sauta du lit, courut sous la douche et se surprit à monologuer en évoquant ses journées harassantes. Tout à coup, elle réalisa qu'elle n'avait pas entendu son réveil sonner la veille. Il était maintenant neuf heures moins vingt, elle avala son café d'un seul trait et partit.

Linda, la secrétaire, lui jeta un regard complice, sans dire un mot. Jamie Lee regarda son agenda, vit que son premier rendez-vous était prévu dans trente minutes. Elle saisit le dossier qui était resté ouvert sur son bureau et qui concernait le jeune homme qu'elle défendait. Elle relut ses notes à la hâte, afin de se remettre en mémoire tous les tenants et les aboutissants de cette affaire. Linda annonça que la première personne était là. Jamie Lee la fit entrer, et comme avec tous les témoins, elle posa les questions de base et d'usage. La matinée passa très vite, son dossier commençait à prendre forme. Une grande partie des renseignements et plusieurs petits détails apparaissaient. En le feuilletant de nouveau, très rapidement, elle s'étonna de voir que ce jeune homme n'avait jamais travaillé de sa vie, hormis l'entreprise qu'il commençait à créer. Il aurait déclaré, à bon nombre de ses amis, qu'il ne travaillerait jamais pour un patron, qu'il serait « son propre chef », pour reprendre ses mots. A cette pensée, elle rajouta sur un post-it qu'elle devait de nouveau voir avec le juge pour lui donner une petite leçon de la vie, lui faire comprendre que rien n'est acquis et, elle mettrait tout en œuvre pour qu'il accomplisse un travail. Elle ne concevait pas que l'on puisse être aussi indolent et aussi égocentrique à son âge. Elle trouvait tout à fait normal pour un homme de travailler et de gagner un peu d'argent, ne serait-ce que pour lui. Elle ferma le dossier, se cala au fond de son grand fauteuil et respira profondément. Stupéfaite, elle se sentait en pleine forme et n'avait pas vu la journée passer.

Quelques jours s'écoulèrent et la date de l'audience approchait à grande vitesse. Elle ne se sentait pas prête, il semblait lui manquer quelque chose pour réaliser ses conclusions, mais quoi ? Elle l'ignorait encore. Elle tournait, retournait ce dossier sous tous ses angles, elle sentait bien qu'un détail lui avait échappé. Elle prit, malgré tout, la sage décision de le refermer et de ne pas s'attarder dessus toute la nuit. Elle n'y toucherait plus jusqu'au lendemain matin.

Jamie Lee rentra chez elle, ramassa son courrier et, devant sa porte, elle trouva un petit mot qui disait :

« Chère demoiselle,

Cela fait presqu'une semaine que je n'ai pas eu de vos nouvelles. Je suis passé chez vous à plusieurs reprises et vous n'étiez pas là. J'espère que vous allez bien car je me fais un sang d'encre. Appelez-moi très vite pour me le confirmer ou me donner de vos nouvelles. Je vous remercie.

Votre ami Will. »

Will ? Songea-t-elle. Elle n'avait même pas pris la peine de lire son nom sur la carte de visite qu'il lui avait laissé l'autre jour. Elle sourit. Elle ouvrit la porte, déposa son sac à main et son courrier sur le meuble dans le couloir de l'entrée. Confortablement installée dans son fauteuil, elle relut la lettre de Will. Sans cesse, le mot « appelez-moi » lui envahissait l'esprit. Elle l'avait complètement oublié, lui qui avait été si gentil avec elle. Jamais elle ne l'avait appelé pour lui donner de ses nouvelles, ni pour le remercier. Il fallait dire qu'avec son petit train de vie, elle n'avait guerre le temps de penser à autre chose qu'à ses clients. Mais était-ce une raison ? Un remerciement n'allait pas lui prendre des heures, pensa-t-elle. Elle s'empara du téléphone et composa le numéro. Les nerfs tendus, le cœur battant à toute allure, elle écouta les sonneries successives à l'autre bout de la ligne. Tremblante, elle attendait et se demandait ce qu'elle allait bien pouvoir lui dire. Quand soudain, il y eut un déclic !

- Allo ? Allo ? Qui est à l'appareil ? Demanda une voix masculine.

Jamie Lee tremblait de tout son corps et n'osa pas répondre de suite.

- Allo ? Qui est-ce ? Il y a quelqu'un ? Reprit cette même voix.
- C'est moi, annonça-t-elle timidement, la jeune femme que vous avez raccompagnée chez elle après avoir eu un malaise. J'ai trouvé votre petit mot et je vous appelle pour vous dire que je vais bien.
- Ah oui ! Tout de même, je me suis fait du soucis belle enfant, je vous avais pourtant demandé de m'appeler le lendemain pour me donner de vos nouvelles après une bonne nuit de repos, mais vous ne l'avez pas fait, coquine que vous êtes. Cependant, je suis très heureux d'entendre votre voix, et de savoir que tout va bien.

« Coquine » se dit-elle, on ne l'avait jamais appelé comme ça, mais elle avait l'air d'aimer ce petit nom.

- Alors, continuait-il, racontez-moi ce qui s'est passé. Avez-vous consulté un médecin ? Vous êtes vous reposé un peu ?

- Euh… Non, je n'y suis pas allé, j'ai beaucoup de travail en ce moment, je n'ai pas le temps.
- Vous n'avez pas le temps ? C'est bien le discours d'une femme qui croit connaître les symptômes qu'elle a, ou encore qui se prend pour un médecin. Je pense qu'il n'y a pas d'autre solution, je vais devoir venir constater par moi-même dans quel état vous vous trouvez afin de faire un diagnostic clair et précis.

Il laissa quelques secondes de silence.

- Non je vous taquine. Que faites-vous en ce moment ? Si vous ne travaillez pas, nous pourrions boire un verre après dîner comme ça vous me raconterez ce qui s'est passé en détail.
- Non, je vous remercie…
- Vous n'allez pas refuser, l'interrompt-il, un verre ne vous engage en rien. Allez… Dites oui. Et puis comme ça, nous ferons connaissance.

Jamie Lee ne savait que penser, un homme qu'elle ne connaissait pas ou très peu pour le moins, se montrait très entreprenant. Mais un brin de folie la poussait à dire « oui », elle aimerait vraiment le connaître, il avait l'air si gentil, si attentionné.

- Bon, d'accord, j'accepte, lui dit-elle. Mais venez plutôt le boire à la maison, vous savez où j'habite maintenant. Je vous attends dans une heure, une heure et demi. Cela vous convient ?
- Oui, c'est parfait, je serai là, à tout à l'heure.

Ils raccrochèrent tous les deux le combiné. Elle, dans ses pensées et lui essayant de trouver une tenue correcte. Très nerveux, il essaya plusieurs chemises et plusieurs pantalons avant de se décider pour celui qu'il avait porté le jour même. Jamie Lee ne s'inquiétait pas de sa tenue vestimentaire, mais regardait autour d'elle et cherchait ce qui n'allait pas. Elle gonfla les coussins du sofa, poussa les chaises contre la table, avant de s'inquiéter pour les boissons. Elle avait toujours un peu d'alcool en réserve au cas où elle recevrait du monde à l'improviste. Elle déposa les bouteilles sur la table puis ébouriffa légèrement ses cheveux avec ses mains.

La sonnerie de la porte la fit sursauter. Elle ne s'attendait pas à le voir si tôt. Elle constata la ponctualité à laquelle il faisait honneur. Elle ouvrit la porte. Il se tenait là, face à elle, avec une bouteille de champagne dans les mains qu'il lui tendit.

- Tenez, c'est pour vous, pour vous remercier de m'avoir invité. Je l'avais gardé au frais pour une grande occasion et là, c'est le cas. Au fait, je m'appelle Will Beckett et j'habite une petite maison dans la rue parallèle à la vôtre, de l'autre côté.

Jamie Lee eut le souffle coupé. Il était si beau, si élégant, elle ne s'en était pas rendue compte la dernière fois si bien qu'elle eût du mal à le reconnaître.

- Moi c'est Jamie Lee Baxton, mais ça je pense que vous savez déjà puisque vous m'avez raccompagné chez moi.
- Oui c'est vrai je connais votre nom, mais si cela ne vous dérange pas je préfère vous appeler Jamie c'est bien plus court.

Elle souriait en acquiesçant et le fit entrer en refermant la porte derrière lui. Elle lui indiquait, d'un geste de la main, le salon. Will jeta un œil rapide et discret à l'intérieur de la maison.

- Vous avez un goût surprenant et agréable en ce qui concerne la décoration intérieure, vous avez fait cela toute seule ?
- Oui. Vous aimez ? Je trouve que pour une femme, il est très important de réaliser soi-même son intérieur. Cela reflète la personnalité de la femme qui y habite.

- Vous avez entièrement raison, lui dit-il avec un sourire radieux. Et pour tout vous dire, je n'aime pas, j'adore.

Elle posa sur la table basse du salon la bouteille de champagne ainsi que deux flûtes et des petits gâteaux. Que de raffinements pensa-t-il en prenant place sur le sofa. Il ouvrit la bouteille et rempli les deux flûtes à plus de la moitié. Leur coupe à la main, il porta un toast à leur rencontre. Un sourire illuminait le visage de la jeune femme et ils trinquèrent. Will posa, sur la jeune femme, un regard chaleureux plein de tendresse et devenait tributaire de sa beauté. Elle sentit son regard pénétrer en elle et dès qu'elle le croisa, un pincement fort douloureux lui traversa le cœur, comme une aiguille que l'on venait d'y enfoncer.

Elle l'observait mais n'arrivait pas à savoir l'âge qu'il pouvait avoir. Rien ne l'indiquait, il n'avait pas l'ombre d'une ride. La quarantaine tout au plus. En revanche, il débordait d'énergie, elle s'émerveillait par sa bonne humeur et sa joie de vivre. Un vrai bout d'entrain.

Quelques mots échangés, quelques éclats de rire, elle appréciait agréablement la soirée. Sa voix légèrement rauque et douce à la fois, l'apaisait. Elle se nourrissait généreusement de ses mots. Il s'en rendit compte car elle ne l'écoutait plus mais il poursuivait avec engouement. Jamie Lee ne s'était pas rendu compte du temps qui passait si vite, et Will préféra la laisser se reposer car elle travaillait le lendemain.

Sur le seuil de la porte, elle lui dit au revoir en lui tendant la main. Il s'en empara, la rapprocha de lui et l'embrassa langoureusement, tels deux amants en pleine renaissance. Elle ne put se débattre, les jambes molles, elle sentait le monde vaciller. Il la regarda avec son plus beau sourire et lui dit presque à voix basse :

- Au revoir Jamie, j'espère que l'on se reverra très vite, vous me manquez déjà. Bonne nuit bel ange.
- Bonne nuit, répondit-elle encore sous le charme et l'émotion.

Elle referma la porte et effleura ses lèvres du bout des doigts en se demandant si elle n'avait pas rêvé. Le parfum de Will embaumait déjà naturellement sa maison et sa voix résonnait encore en elle comme une douce mélodie. Marchant de long en large, elle ne pensait qu'à cet homme séduisant qui venait de l'embrasser. Quelque chose de spécial venait de se produire en elle, et des sentiments encore nouveaux naquirent en elle. Elle paraissait transformée. Elle ne savait pas si elle était envoûtée, sous le charme de cet homme ou tout simplement heureuse ou encore amoureuse. Elle appréciait ce sentiment fort agréable.

Chapitre 2

Après une nuit agitée et presque sans sommeil, une étrange sensation et un bonheur sans égal s'emparait de la jeune femme. Pour la première fois depuis longtemps, Jamie Lee se sentait heureuse. Un rayon de soleil illuminait sa vie. Sur le chemin du bureau, elle fredonnait un air joyeux. Tout lui paraissait si beau, le chant des oiseaux, la nature, les gens et même le ciel qui était, ce matin-là, un peu grisâtre.

Il ne lui restait que très peu de temps avant l'audience et elle n'avait pas l'air inquiète. Pourtant, sa plaidoirie n'était pas finalisée, elle n'avait pas communiqué ses conclusions à son client car le fait qu'il soit un beau parleur ne lui inspirait aucune confiance. Elle se méfiait de chacun de ses mots et n'accordait de crédit qu'à très peu de chose. Elle prit connaissance des rendez-vous inscrits dans son agenda. A sa grande surprise, elle n'en n'avait aucun. Elle en profita donc pour faire de nouveau le point sur ce dossier. Elle se devait, de rester impartiale et mit un terme à ses conclusions qu'elle envoya au parquet ainsi qu'à son client pour info et validation.

La petite touche finale pour délibérer viendrait le jour de l'audience, elle en était sûre, elle se faisait confiance et son jugement jusqu'à présent ne lui avait jamais fait défaut.

Elle boucla son dossier et sortit de son bureau pour la machine à café, lorsqu'elle aperçut Linda, sa secrétaire, qui hurlait à l'autre bout du couloir en tendant un morceau de papier.

- Jamie ! Jamie ! Hurlait cette dernière.
- Oui ? Qu'y a t-il ? Ne criez pas comme ça.
- J'ai un message pour vous reprit-elle tout essoufflée.
- Un message ? Mais de qui est-il ?
- D'un homme du nom de Will.
- Will ? Mais pourquoi m'appelle-t-il ici ? Lui est-il arrivé quelque chose ?

Elle aurait pu se poser mille et une questions. Tant qu'elle n'aurait pas lu le message, elle ne pouvait pas savoir ce qu'il voulait. Elle s'empara du morceau de papier plié en deux et le lut. Elle constata rapidement qu'il ne contenait pas de phrases mais juste des mots assemblés les uns aux autres. Il l'invitait ou plutôt lui demandait de le retrouver au restaurant « Le Commerce » face à la mairie d'Avranches dans le centre-ville. Elle connaissait très bien ce restaurant. Avec son décor chaud de taverne enfumée et ses banquettes profondes qui le rendait assez intime. Il lui donnait rendez-vous à treize heures pour déjeuner. *Pour qui se prenait-il* ? Qu'il ne se fasse pas d'illusions, il ne contrôlerait ni sa vie, ni son emploi du temps, se dit-elle folle de rage. Furieuse, elle déchira le message et jeta les morceaux dans la corbeille près du photocopieur au milieu du couloir. Elle regarda sa montre, il était déjà midi. Regagnant son bureau, elle se laissa littéralement tomber dans son fauteuil. Songeuse, elle repensa à la soirée passée en sa compagnie. Elle l'avait trouvée brève mais aussi très agréable.

Le cœur battant à toute allure, elle prit sa veste, son sac à main et décida d'aller mettre les choses au clair avec lui. Arrivée devant le restaurant, elle se mit à observer de tous les côtés afin de trouver Will. Mais en vain, elle ne le vit nulle part. Elle entra. Un jeune homme s'approcha d'elle et lui demanda si elle avait réservé. Elle répondit avec un sourire narquois que Monsieur Beckett avait dû s'en occuper. Il consulta le registre et en effet une table pour deux avait bien été réservée. Il lui proposa de le suivre jusqu'à leur table et la conduisit vers un petit coin tranquille à l'abri des regards et seulement éclairé par deux grandes chandelles blanches. Elle s'assied, scruta les alentours et aperçu soudain Will qui se tenait debout devant la porte d'entrée. D'un geste de la main, il la salua discrètement et se dirigea vers elle. Il se déplaçait avec une telle aisance qu'elle ne resta pas indifférente à son charme. Elle s'était mise en tête, avant de venir, de lui dire qu'elle ne le reverrait plus, qu'il était gentil de lui avoir porté secours, mais elle ne souhaitait pas qu'un homme entre dans sa vie en ce moment. Tout allait bien trop vite pour elle. Elle était à peine guérie de sa première grande histoire d'amour avec Peter. Elle ne supporterait pas un nouvel échec. Elle voulait se sentir libre d'aimer et ne pas se voir imposer une nouvelle histoire.

La jeune femme se leva pour saluer Will qui arrivait devant elle, il s'approcha et l'embrassa tendrement sur la joue avant de s'asseoir.

- Bonjour Jamie. Je vois que vous avez accepté mon invitation, j'en suis flatté.
- Invitation ! Rétorqua-t-elle, je crois que vous ne m'avez laissé guerre le choix.
- Comprenez-moi, j'avais hâte de vous revoir, la soirée d'hier me tenait en haleine. Je croyais que plus vite je vous reverrai, plus vite j'aurai l'occasion de vous avouer mes sentiments, car depuis le premier jour, vous occupez mon esprit. Vous me plaisez beaucoup, Jamie. Je ne cesse de penser à vous.
- Je vous plais ! Mais vous vous rendez compte de ce que vous dites, vous ne me connaissez même pas !

- C'est l'occasion ou jamais de faire connaissance, vous ne croyez pas ?
- Will, je vais être franche avec vous. Voilà, je viens de rompre avec mon ancien petit ami, je croyais vraiment qu'on aurait pu se marier et fonder une famille. Mais les choses ne se sont pas passé comme je l'imaginais. Je vous trouve très séduisant, certes, vous êtes très bel homme et même très gentil. Vous ne m'êtes pas indifférent, mais à vrai dire, j'entends bien rester comme je suis maintenant, c'est à dire célibataire et sans attaches.

Will la fixa un instant et s'empara de sa main.

- Vous savez Jamie, je n'ai pas pour habitude d'avouer mes sentiments à une jeune femme, je suis plutôt quelqu'un de réservé. Je vous désire et je n'aspire qu'à une seule chose, c'est de vous connaître. Je suis très patient et je vous attendrai nuit et jour s'il le faut, mais je vous attendrai.

Le cœur de la jeune femme s'emballa. Elle aussi aurait voulu lui déclarer sa flamme, mais c'était encore trop prématuré. Elle se contenta seulement de lui dire qu'elle mourrait de faim. Will éclata de rire et ils passèrent leur commande. Toujours les yeux dans les yeux, Will sentait et savait pertinemment qu'elle se consumait de désir pour lui et, que s'il insistait un peu, elle se jetterait sûrement dans ses bras, ou sur lui. Il souriait à cette pensée mais il prit la sage décision de la laisser maître de ses sentiments. C'était très important pour elle surtout en ce moment. Il pouvait aussi utiliser tous les moyens de séductions qu'il connaissait mais il préféra s'en abstenir car il ne voulait pas risquer de la perdre ou de la voir s'enfuir en courant. Le déjeuner fut cour et la fin du repas approchait. Will suggéra qu'ils se revoient. Il se leva et s'agenouilla en face d'elle pour la supplier, car il percevait au fond de ses yeux, une réticence.

- Dites oui ! Je vous en prie, je ne supporterai pas de ne plus vous revoir, dites oui.

Jamie se sentit soudain prise au piège, comme entre deux feux. Par principe, elle aurait refusé, mais avec la nuit dernière et ce baiser, elle ne pouvait dire non. Cet homme exerçait sur elle une telle emprise. Soudain elle éclata de rire en voyant Will à genoux.

- C'est bon j'accepte de vous revoir, mais ne me demandez pas quand, car pour le moment, je n'en sais rien.

- Oh merci ! C'est vraiment très gentil. Si je peux me permettre, vous avez un rire merveilleux, vous êtes si belle quand vous riez. D'ailleurs vous devriez rire plus souvent.

Jamie rougit et regarda sa montre. Il était déjà quatorze heures quinze. Elle fit un bond et le remercia pour l'invitation. Elle avait trouvé le déjeuner fort agréable. Will se releva en guise de politesse et s'avança vers elle. Jamie fut prise d'arythmie cardiaque. Elle souhaitait au plus profond de son âme, qu'il la prenne dans ses bras et l'embrasse passionnément. Mais au lieu de cela il lui murmura au creux de l'oreille :

- Allez ! Filez, vous allez être en retard bel ange, à bientôt.

Jamie reçu ces paroles comme un affront. Elle tourna les talons et s'en alla. Elle ne comprenait pas ce qui venait de se passer. Après qu'il lui ait fait tant de si belles déclarations, il ne l'avait même pas embrassé. Quelle déception.

De retour au bureau, elle laissait libre court à son imagination et pouvait sans le moindre souci, inventer à son gré, la fin qu'aurait dû prendre, le déjeuner. Il l'aurait sûrement enlacé puis embrassé, et ils seraient restés tendrement l'un contre l'autre, à se raconter des histoires sans importances. Ce qui est sûr, c'est qu'elle aurait été dans ses bras une bonne partie du déjeuner si elle ne lui avait pas dit qu'elle souhaitait rester sans attaches. Quoi qu'il en soit, elle se dit qu'elle préféra l'instant présent. Il ne l'avait pas embrassé, mais déjà l'intérieur de son corps tremblait et s'embrasait à sa seule pensée. Un feu inéluctable ravageait son corps.

Devant la porte de son bureau, se trouvait un joli bouquet de roses rouges. Il devait y en avoir une bonne trentaine. Une carte y était glissée. Jamie la prit et lu le mot. C'était Will qui la remerciait du déjeuner. Les yeux rivés sur les fleurs, elle serra la carte contre son cœur. Elle les ramassa et les mit dans un vase. Celui qu'elle avait, était bien trop petit. Elle dut en chercher un autre pour y mettre le reste des fleurs. Elle posa les deux vases à chaque extrémité de son bureau. Une question la chiffonna pourtant. *Comment savait-il qu'elle aurait accepté ce déjeuner* ? Ce qui était sûr, c'est que c'était un homme plein de surprises.

Les deux magnifiques bouquets ornaient magnifiquement son bureau. Chaque fois qu'elle passait devant, elle ne put s'empêcher de sentir l'une ou l'autre des roses. Leur parfum se répandait dans toute la pièce. Elle ne pensait qu'à Will, et au baiser qu'il lui avait donné la veille. Soudain, la porte de son bureau s'ouvrit. C'était sa secrétaire.

- Excusez-moi, Mademoiselle, j'ai frappé plusieurs fois mais vous n'avez pas répondu, alors je me suis permise d'entrer.
- Ce n'est pas grave Linda, qu'y a-t-il ?
- Un monsieur désire vous parler mais il n'a pas pris rendez-vous.
- Ah bon ! Et comment s'appelle-t-il ?

- Il ne m'a pas donné son nom, mais il a dit que vous vous occupiez de son dossier et qu'il était important qu'il vous parle.

Elle pria la secrétaire d'attendre au moins dix minutes avant de le faire entrer. Le temps pour elle de ranger les documents qui traînaient sur son bureau. Quelques minutes plus tard, le jeune homme entra. Il s'agissait du jeune homme qu'elle devait défendre.

- Je vous remercie de m'avoir reçu, Maître.
- C'est normal, mais que puis-je faire pour vous ?

Jamie lui montra un siège. Il prit place et commença par lui être reconnaissant de s'occuper de lui. Il semblait avoir très peur et lui confia qu'il ne voulait pas aller en prison, qu'il ne le supporterait pas. Elle eut soudain de la compassion pour lui. Mais en le regardant droit dans les yeux, elle lui posa quelques questions, et souhaitait savoir s'il était conscient de ce qu'il avait fait ou s'il avait été entraîné par quelqu'un. Il lui avoua tout naturellement qu'il l'avait fait de son plein gré, mais qu'il regrettait vraiment ses actes. Elle ne comprit pas tout de suite le but de sa visite. En fait, il voulait être sûr de la clémence du juge et qu'elle ferait tout pour qu'il s'en sorte. Il pensait pouvoir utiliser de ses charmes, mais en fait le cœur de la jeune femme était déjà ailleurs, elle ne fut en aucun cas séduite par ce bel étranger. Elle lui annonça, malgré ses démarches, que ce n'était pas elle qui prenait la décision finale, mais le juge. Elle lui expliqua qu'en tant qu'avocate, elle devait le défendre et bien sûr lui éviter toute sorte de peines. Il ne lui restait qu'à prier et attendre le jour J. Le jeune homme sortit de son bureau en la remerciant malgré tout.

Jamie demeura immobile, encore sous l'effet hypnotisant des roses, incapable de toutes pensées cohérentes. C'était donc cela le véritable amour ? Se dit-elle. Une exaltation puissante et un trouble merveilleux que Will lui procurait. Il n'y en avait que pour Will, il était devenu son champ de vision, son centre d'intérêt, son unique pensée. Le jour du procès arriva enfin. Tout le monde était présent, l'accusé, les témoins et le plaignant.

Jamie n'avait pas eu de nouvelles de Will, il était resté presque une semaine entière sans la contacter. *Comment avait-il fait pour tenir aussi longtemps ?* Songea-t-elle en souriant moqueusement. Si elle y pensait, c'est qu'il lui manquait un peu également. Mais elle fit abstraction à Will le temps du procès et se concentra davantage sur l'audience.

Le procès du jeune homme ne dura pas plus de deux heures. Elle avait fait de son mieux pour le défendre, mais elle s'était promise qu'il méritait une bonne leçon. Le juge se retira pour délibérer sur toutes les affaires de la matinée. Ce fut pour Jamie une attente interminable. Après trois heures de délibération, le juge revint dans la salle précédée d'une sonnerie annonçant son arrivée. Tout le monde se leva. Le juge prit place indiquant à la foule de s'asseoir. Il annonça à l'assemblée que l'accusé ici présent, était reconnu coupable des faits qui lui étaient reprochés. Vu les témoignages et les plaintes, et compte tenu de son jeune âge, qu'il ne l'excusait en rien, il serait condamné à une peine de prison de trois mois avec sursis. Le juge déclara à la suite de ces mots qu'il devrait au cours de ces douze mois qui suivent cette peine, trouver du travail et ne plus commettre aucune infraction, quelle qu'elle soit. Il donna les différents verdicts aux autres personnes présentes. La séance fut terminée et tout le monde quitta la salle. Le jeune homme s'approcha de Jamie pour la remercier. Il repartit l'air soulagé.

Jamie ne voulait pas retourner à son bureau tout de suite, elle préférait rentrer chez elle pour déjeuner. C'était un luxe qu'elle n'avait pas l'habitude de s'octroyer. Elle y retournerait qu'en début d'après-midi. Pendant qu'elle préparait son déjeuner, la sonnerie du téléphone retentit. Son sang ne fit qu'un tour. Elle souhaitait, au plus profond de son être, que ce soit Will à l'autre bout de la ligne, mais au lieu de cela, elle entendit la voix de sa mère qui l'invitait à passer le week-end prochain en sa compagnie. Folle de joie, elle accepta, car il y avait maintenant presque un an qu'elles ne s'étaient pas revues. Elle disposa sur un plateau, une omelette aux lardons ainsi que des pommes de terre rissolées, puis elle alluma sa télévision. Elle ne regarda pas l'image qu'il diffusait mais se contentait d'écouter le son en ayant la tête ailleurs. Elle repensait sans cesse à ce baiser, à ce jour où Will l'avait raccompagné et à ce joli bouquet de roses. Jamie prit soudain sa tête entre ses mains et se demandait avec tristesse et mélancolie, pourquoi il ne la rappelait pas, pourquoi elle n'avait plus de nouvelles de lui. Maintenant qu'elle allait avoir un peu de temps libre, elle aurait aimé passer un peu de ce temps avec lui, apprendre à mieux le connaître. Mais hélas… Pas de nouvelles.

Elle reprit le chemin du bureau un peu plus tard. Qu'allait-elle trouver devant sa porte cette fois-ci ? Se demanda-t-elle. Elle n'en savait rien, mais elle espérait quand même qu'il y ait quelque chose, pas quelque chose de gros, une carte ou un rendez-vous, enfin un signe qui lui laisserait voir que ce bel inconnu pensait à elle et ne l'avait pas oublié. Le souvenir de cet homme charmant était enfoui au plus profond de son cœur, elle n'arrivait pas à le chasser de son esprit. Il faisait désormais, quasiment partie de sa vie. Elle s'était rendu compte qu'elle lui avait ouvert la porte de son cœur et s'était arrangée pour la refermer aussitôt afin qu'il n'y entre pas. Il lui avait tellement donné, toute cette attention, cette affection, jamais personne ne lui en avait donné autant en si peu de temps. Chaque fois qu'elle repensait à cet homme, son cœur s'emballait et une chaleur torride s'emparait de son corps. Elle se sentait troublée et n'arrivait plus à se concentrer. Elle s'aperçut très vite, en arrivant, qu'il n'y avait rien, ni invitation, ni fleurs, ni aucun mot. Déçue, elle l'était. Une grande désillusion. Pourtant, son cœur ne cessait de s'emballer à sa seule pensée.

Chapitre 3

Will ne pensait qu'à cette femme pleine d'énergie et d'une beauté incroyable. Elle était devenue son obsession, chaque jour qui passait l'éloignait un peu plus de celle qu'il aimait. Il décida de lui faire une surprise qu'elle n'oublierait pas de sitôt. Il élabora un plan d'action, planifia le meilleur moment et s'introduisit chez elle. Un repas succulent, un vin pour l'accompagner, et de magnifiques chandelles ornaient le tout. Dans l'obscurité la plus totale, il l'attendait. Trois heures venaient de s'écouler, il était maintenant vingt-deux heures et Jamie montra enfin le bout de son nez. Elle ouvrit la porte, et instantanément une bonne odeur se nicha au creux de ses narines. Will avait, en entendant Jamie entrer, allumé les chandelles. La jeune femme déposa son sac à main et son manteau sur une chaise dans l'entrée. L'odeur qu'elle humait lui ouvrit l'appétit, mais elle savait, avec regret, que cela ne pouvait pas venir de chez elle. Elle aperçut brusquement sous la porte de la cuisine un filet de lumière. Prise de panique, elle pensait que sa cuisine prenait feu. Elle courut et ouvrit la porte d'un geste rapide. Will se tenait debout face à elle, avec un tablier autour de la taille et une serviette de table sur son bras droit.

- Bienvenue chez vous Mademoiselle Baxton, je vous ai préparé un met succulent, vous m'en direz des nouvelles.
- Mais ? Que faites-vous ici ? Et comment êtes-vous entré ? Qui vous a permis de venir chez moi ? L'interrogea-t-elle avec étonnement.
- Assez de questions pour ce soir ! Prenez place et dégustez.

La jeune femme s'exécuta sans protester davantage. Elle aperçut cependant, une lueur étrange dans les yeux de Will. Comme si pour la première fois elle se sentait désirée. Le regard qu'il avait était différent, si bien qu'elle ne pouvait le fixer, tant elle se sentait troublée.

Will porta les plats merveilleusement bien présentés sur la table. Il prit place en face d'elle et la pria de se servir avant que le repas ne refroidisse. Jamie ouvrit de grands yeux devant cette nourriture succulente. Elle en avait l'eau à la bouche.

Assise en face de lui, les yeux fixés sur la table, elle lui demanda pour la seconde fois, comment il était entré chez elle. Will sourit.

- Je voulais vous faire une surprise, avoua-t-il.

- Votre surprise me plaît énormément, mais cela ne me dit toujours pas comment vous êtes entré chez moi ? Continuait-elle.

Ses grands yeux bleu azur se fermèrent de moitié, et avec sa plus jolie voix, il lui dit :

- J'ai demandé à votre gardienne de m'ouvrir la porte, je lui ai dit que j'étais votre frère.

Jamie sentie ses joues brûler, elle devenait rouge de colère.

- Comment ! Ajouta-t-elle avec fureur, elle vous a ouvert la porte sans vous demander le moindre papier d'identité ?

- Ne vous méprenez pas ! Continua-t-il, j'ai eu beaucoup de mal à lui faire ouvrir votre porte. Elle n'a pas cédé tout de suite, je suis bien resté une demi-heure avant qu'elle n'accepte.

Cela n'expliquait en rien qu'il soit entré chez elle sans y avoir été invité au préalable. Mais malgré tout, elle sentit sa colère s'atténuer. Elle ne put s'empêcher de plonger dans ses yeux au risque même de s'y noyer. Son regard hypnotisant lui faisait perdre la tête.

- Vous ne mangez pas ? Dit-il soudainement. Vous n'aimez peut-être pas ma cuisine ?

- Oh si ! C'est vraiment très bon, vous êtes un véritable cordon bleu continua-t-elle avec un sourire ravageur.

Will observa la jeune femme. Il comprit alors qu'elle était sous l'emprise de son charme. Il rapprocha sa chaise de la sienne et se contenta de la regarder fixement. Jamie l'interrogea en lui demandant si quelque chose n'allait pas ou si elle avait un bouton sur le visage. Il lui répondit qu'il avait en face de lui le plus beau visage et qu'il n'avait pas vu ce genre d'image depuis bien longtemps. Il mit ses deux mains sur ses joues. Jamie eu des frissons prolongés dans tout le corps. Il approcha son visage du sien et lui donna un baiser merveilleux et grisant. Pour l'accueillir plus intimement, elle entrouvrit légèrement les lèvres. Elle se sentit comme transportée, comme planant au-dessus de son corps. Will s'écarta lentement et lui dit presque à voix basse :

- Je ne voudrai surtout pas vous brusquer ou faire quelque chose que vous regretteriez ensuite.
- N'ayez craintes ! Avait-elle continué, encore sous l'émotion, si je ne voulais pas de votre présence, il y a longtemps que je vous aurai mis dehors.

Will entreprit un nouveau baiser. Ils terminèrent la soirée ainsi, l'un contre l'autre échangeant regard, baisers et paroles tendres.

* *
*

Jamie se sentait bien, détendue et reposée. Cela faisait très longtemps qu'elle ne s'était pas sentie ainsi. Elle devait ce bien être à l'homme qui partagea sa nuit, et elle se réjouit de se réveiller dans ses bras. Elle contempla son visage à peine illuminé par la clarté du jour et s'aperçut avec émotion, à quel point il ressemblait à un jeune enfant. Will bougea lentement et entrouvrit un œil puis l'autre. Il fut heureux et fier de constater qu'il n'avait pas rêvé. Jamie lui proposa du café, mais il répondit avec une voix douce, qu'il était encore un grand enfant et qu'il préférait un chocolat. Il susurra, comme pour lui confier un secret, que la dernière fois qu'il avait bu du café c'était avec une femme qu'il avait beaucoup aimé et qu'il avait perdu brutalement. La jeune femme ne voulait pas poser de questions pour le moment, elle aurait bien le temps de s'en inquiéter. Pour le moment, elle profita de ces instants riches en bonheur.

Jamie ne se rendit pas au bureau, car ils avaient décidé de passer cette journée ensemble. Au cours de cet après-midi, elle lui confia toutes sortes de choses, tant sur sa vie que sur sa famille, mais également son âge qu'il ignorait encore. Elle lui avoua avoir trente-trois ans et lui retourna la question, car depuis le premier jour elle s'interrogeait sur le sien. Il paraissait si jeune et à la fois plein d'expériences, qu'elle n'arrivait pas à définir son âge. Il répondit en rougissant légèrement que cela n'avait aucune importance, et que seuls ses sentiments comptaient. Il lui demanda si cela changerait quelque chose pour elle de le savoir. Elle répondit par la négative et esquissa un sourire qui en disait long. Il avait subitement attisé sa curiosité, mais ce qu'elle ressentait pour cet homme valait plus que l'âge qu'il pouvait avoir. Il était si beau et si gentil. Will se réjouit de sa spontanéité. Il aimait la voir rire, elle était encore plus belle disait-il. Ils avaient l'air détendus, calmes et reposés.

Cela faisait maintenant trois heures qu'ils étaient assis à une table sur la terrasse du café, à parler de tout et de rien. Elle aurait aimé lui raconter ses joies, ses peurs et ses peines mais le fait d'avoir été trahi restait encore trop douloureux et elle ne s'y laisserait pas reprendre une seconde fois. Will était si beau se dit-elle, il semblait très mûr et inspirait confiance. Jamais elle n'avait rencontré pareil homme. Il lui plaisait beaucoup. Elle restait là, assise, à le regarder au fond des yeux, elle aurait bien voulu s'y noyer pour qu'il vienne la sauver. Mais était-ce raisonnable ? Soudain Will s'empara de sa main.

- A quoi pensez-vous belle jeune fille ? Ou à qui ? Devrais-je dire ?

- Je pensais à vous, au jour où nous nous sommes rencontrés, à votre gentillesse mais surtout, ne vous moquez pas, j'admirais votre charme et votre élégance.
- Pourquoi me moquerais-je, je vous trouve également très belle, et j'aimerai que cet instant ne s'arrête jamais.
- Oui, je le pense aussi.
- A propos, dites-moi, je ne vous ai pas demandé si vous aviez quelqu'un dans votre vie, car je n'aimerais pas lui faire de l'ombre. Vous me comprenez ? Lui dit-il avec la gorge nouée.

C'était maintenant qu'il s'inquiétait de savoir s'il elle était célibataire, songeait-elle.

- Je vous comprends, et je dois vous confier qu'effectivement j'ai quelqu'un dans ma vie.

Will ravala sa salive et, d'une voix qui avait changé, il continua.

- Vous avez donc un homme dans votre vie ? Mais pourquoi ne me l'aviez-vous pas dit plus tôt je ne me serai jamais permis d'agir comme cela avec vous, j'aurai été moins entreprenant et surtout je ne me serai pas investie autant ?

- A vrai dire, dit-elle d'un ton indifférent, vous ne me l'aviez pas demandé et puis c'est tout récent.
- Puis-je savoir comment s'appelle cet heureux élu et si je le connais ?
- Oui bien sûr vous le pouvez, il se prénomme Will et il est assis en face de moi.

Elle ne put s'empêcher de remarquer sa déception à l'idée de la perdre, et elle en était flattée. Elle éclata de rire.

- Vous m'avez bien eu coquine. Mon cœur s'est arrêté de battre quand j'ai entendu le mot « oui ». J'ai bien cru que j'allais vous perdre et que, ce que nous avions vécu, ne voulait rien dire pour vous.
- Bien sûr que non, vous ne me perdrez pas, à moins qu'il y ait une femme dans votre vie.
- La seule femme qu'il y a dans ma vie c'est vous et je ne compte pas en changer.

Will resta pensif un instant car il savait qu'il détenait un lourd secret et qu'il ne pouvait pas encore le lui dire, c'était trop tôt se dit-il l'air déçu. Il ne voulait pas lui mentir. Mais, ne rien dire n'était pas mentir pensa-t-il.

- A quoi pensez-vous cher monsieur ? L'interrompt-elle.

- Je pensais à nous, affirma-t-il en lui déposant un agréable baiser sur les lèvres.

Elle s'empara de son visage, par une tendre étreinte, pour mieux accueillir son baiser.

- Vous aimeriez que je vous fasse faire le tour de la ville, proposa-t-il ? Nous pourrions prendre ma voiture.

Emballée par sa proposition, elle accepta avec joie à l'idée de marcher ensemble main dans la main. Ils prirent donc la voiture et roulèrent vers la Baie du Mont Saint Michel où la vue imprenable sur l'océan laissait rêveurs et rêveuses voguer, affranchis, sur le navire de leur imagination. Ils s'arrêtèrent enfin près de la baie et Jamie ouvrit de grands yeux, le spectacle qui s'offrait à elle était comme irréel. Will proposa de sortir de la voiture afin de se dégourdir les jambes. Sans protester, elle s'exécuta. L'air frais lui frappait le visage, et Will lui posa son blouson sur les épaules. Elle le remercia et ne put s'empêcher d'admirer le paysage, la baie du Mont Saint Michel était telle une perle dans son écrin. Lorsque le soleil se couchait sur les rochers de cancales, elle prenait relief et couleurs, livrant bien des secrets aux rêveurs et aux promeneurs qui arpentent sa grève. Jamie déclara subitement que le dernier arrivé au piquet qui se trouvait un peu plus loin, face à eux, paierait le dîner du lendemain dans le petit village de Saint Benoît qui se trouvait juste à côté de la baie. Will accepta et compta jusqu'à trois. Ils coururent à grandes enjambées et à quelques mètres, Will trébucha et tomba. Jamie, ne le voyant pas se relever, se retourna brusquement et cria :

- Will ! Will ! Relevez-vous, que vous arrive-t-il ? Mon chéri, relevez-vous ! Réveillez-vous !

Elle le secoua et Will ouvrit les yeux. IL vit l'expression sur son visage et se mit à rire aux éclats. Jamie, abusée, fit la moue et se redressa.

- Ce n'est vraiment pas marrant, j'ai cru que vous vous étiez fracassé le crâne par terre.
- Je suis simplement tombé quand j'ai compris que vous alliez gagner.

Jamie eut malgré tout un sourire, mais lui en voulait quand même. Will dit sur un ton désolé :

- Je paierai le dîner pour me faire pardonner. Mais, dites-moi, vous m'avez appelé « chéri », j'ai bien entendu ?
- Je vous croyais mort ou évanoui c'est tout, dit-elle en rougissant.

- J'aime beaucoup lorsque vous m'appeler ainsi, et si l'envie vous reprenait, surtout n'hésitez pas.
- Quant à vous, que l'envie ne vous reprenne pas !

Will s'arrêta et enlaça Jamie pour se faire pardonner. Elle ne lui en voulait pas, elle n'était même pas furieuse. Jamie proposa de rentrer car le lendemain elle devait travailler. Ils se remirent en route et arrivèrent enfin au domicile de la jeune femme.

- Je ne vous invite pas à entrer, dit-elle avec regret, car demain je dois me lever tôt.
- J'espère que vous avez passé une bonne et agréable journée.
- Oui, je vous assure que cette journée restera à jamais gravée en moi. Vous êtes un homme bien Monsieur Beckett surtout ne changer rien.
- Si c'est vraiment ce que vous pensez, j'en suis ravi.

Je vous rappellerai bientôt belle ange. Et au creux de l'oreille il lui murmurait :

- Prenez soin de vous Jamie, Je vous aime déjà.

Jamie se sentait transporté par ses paroles. Elle lui répondit « idem » puis elle referma la porte derrière elle.

Son manteau enlevé, ses effets posés sur une chaise, elle s'effondra dans son fauteuil préféré. Après dix minutes, elle alla se faire couler un bain bien chaud. Elle ne mettrait pas longtemps à s'endormir ce soir, elle avait tellement marché qu'elle était épuisée, mais sa tête elle, vagabondait avec toutes images, ces moments inoubliables. Dormir serait le seul moyen de les immortaliser et de les laisser à jamais inonder ses pensées.

* *

*

Une nouvelle journée, toute aussi ordinaire que les autres, attendait la jeune femme. Le même petit train de vie et la routine habituelle.

Cette journée devenait interminable car sans nouvelles de Will, elle tournait en rond. De son côté, Will se demandait comment il pourrait lui annoncer ce lourd secret qui commençait à peser dans son cœur. Il ne voulait pas qu'elle s'enfuie en l'apprenant. Mais il le redoutait malgré tout. Attendre n'était pas l'idéal non plus, cela ne faisait que rendre les choses plus difficiles. Il venait de se décider, il fallait qu'il le lui dise. Après il se sentirait mieux. Il alla près du téléphone et décrocha le combiné. Il composa le numéro de Jamie. Brusquement, il raccrocha, il ne savait pas comment lui dire ni par où commencer. Plus tard, il referait une nouvelle tentative. Toujours en échec. Will se dit que finalement ce n'était pas le genre de chose que l'on révèle par téléphone. Il fallait qu'il lui dise en face. Bien décidé cette fois, il décrocha le combiné et composa à nouveau le numéro. Les sonneries lui parurent longues et interminables. Jamie n'était pas encore rentré.

Il décida donc d'aller prendre un peu l'air, cela lui permettrait de réfléchir sérieusement à la façon dont il aborderait la chose. De retour, une petite heure plus tard, il ne se découragea pas. Il entreprit une nouvelle fois de lui téléphoner. Cette fois-ci il y eut un déclic à l'autre bout de la ligne. *Elle était rentrée,* pensa-t-il.

- Oui ! Fit une voix toute essoufflée.
- Jamie ! Bonjour, c'est Will, vous allez bien ? Il avait toujours autant de mal à lui dire TU, mais cela n'avait pas l'air de le gêner pour l'instant.
- Oui, je vais bien je vous remercie. Je pensais justement à vous.
- Vous m'en voyez flatté. Je vous appelais car je vous dois un restaurant et en plus c'est moi qui vous invite. En fait, continuait-il, j'aimerai vous parler de certaines choses.
- Des choses ? Dit-elle avec excitation et curiosité.

- Ne vous inquiétez pas, ce n'est rien de grave, mais il faut que je vous avoue quelque chose.

Jamie sentie dans la voix de Will, un sentiment étrange, comme si pour la première fois, depuis qu'elle le connaissait, il était sérieux.

- Vous êtes bien mystérieux du coup, vous n'avez quand même pas une maladie incurable ? S'enquit-elle.
- Je ne tiens pas à être mystérieux, répondit-il. J'aimerai seulement vous informer d'une chose qui me paraît importante et qui me tient à cœur. Mais rassurez-vous, je ne vais pas mourir.

Jamie se sentit tout de suite mieux. Mais elle ne pouvait s'empêcher de se demander ce qu'il avait à lui annoncer de si important. Une fois le téléphone raccroché, elle tournait en rond dans son salon en attendant son arrivée avec la plus grande impatience. Elle regardait sans cesse l'horloge qui était sur le mur. Les secondes lui semblaient être des minutes, et les minutes des heures. Le temps se montrait si long qu'elle l'impression qu'il n'avançait pas.

Un quart d'heure venait seulement de s'écouler et la sonnette de la porte retentit soudain. Jamie courut, ne voulant pas risquer qu'il parte. Elle ouvrit la porte presque violemment.

- Will ! C'est vous, entrez vite, enlevez votre manteau et asseyez-vous sur le sofa. Puis-je vous offrir quelque chose à boire avant de commencer à parler ?
- Oh là, vous me semblez pressée. Calmez-vous, je ne vais pas m'enfuir. Je vous remercie, vous êtes très gentille je préfère boire un verre après vous avoir parlé.

La jeune femme prit place près de son bien-aimé, ou du moins le croyait-elle. Elle n'en était plus très sûre, elle ignorait totalement ce dont il pouvait s'agir.

Will, de son côté, se demandait comment il pourrait débuter son histoire.

- Alors ! Commença Jamie, qu'avez-vous de si important à m'avouer ?
- Tout d'abord, il faut que vous sachiez que si je ne vous en ai jamais parlé, c'est parce que vous ne me l'aviez jamais demandé, et de plus j'ai beaucoup de mal à raconter cette partie de ma vie. En général, je ne fais pas confiance aux gens, il se trouve qu'il y a une exception et c'est vous. Avant que je commence, promettez-moi de ne pas m'en vouloir, et de ne pas me détester à cause de cela.
- Will, vous paraissez si triste.

- En effet, je le suis, j'ai seulement beaucoup de mal à en parler.
- Quel que soit ce que vous avez à dire, je vous fais la promesse d'essayer de vous comprendre. S'il y avait une raison pour que je vous quitte, ce ne serait pas pour ça, bien que je ne sache toujours pas de quoi il s'agit.
- Jamie…

Il lui prit les mains et les glissa entre les siennes.

- Je ne vais pas y aller par quatre chemins…

Là, il se rapprocha d'elle comme s'il cherchait à canaliser ses pensées.

- Il y a vingt-six ans, j'ai aimé de tout mon cœur une très jolie jeune fille. Elle était ma raison de vivre…
- Mais pourquoi me dites-vous cela ? Surenchérit Jamie.
- Je vous en prie, laissez-moi continuer sans m'interrompre, c'est déjà bien assez dur, vous êtes la seule personne à qui j'en parle depuis tant d'années.

Will poussa un profond soupir afin de pouvoir continuer.

- Cette jeune fille dont je vais vous parler, était tout pour moi. Nous nous aimions et nous voulions nous marier. Elle était enceinte de moi et nous nous étions promis de nous marier après la naissance de notre enfant. Cela faisait sept mois et demi que Maria... Oui, elle s'appelait Maria, était enceinte. Nous étions partis faire un pique-nique. Nous avions passé une journée magnifique et nous nous étions vraiment reposés. Maria voulait rentrer et... Au moment de partir...

Jamie aperçut, sur la joue de Will, une larme ruisseler jusqu'à son cou. Elle ne comprenait toujours pas pourquoi il lui disait cela, mais elle se sentait prise dans son histoire et attendait la suite sans rien dire.

- Au moment de partir, Maria fut prise d'horribles contractions, elle venait de perdre les eaux et le travail avait commencé. Nous sommes allés très vite à l'hôpital en laissant tout sur place. Les douleurs qu'elle ressentait étaient de plus en plus fortes, si bien qu'elle ne les supportait plus. Je l'observais pendant que les sages-femmes l'emmenaient en salle d'accouchement. Son visage se décomposait, elle devenait très pale. (Je l'entends encore crier jusqu'ici, dit-il en levant les yeux au le ciel.) Je n'avais plus aucun espoir, quand soudain les médecins m'ont annoncé, que mon bébé vivait encore, mais qu'il fallait qu'il le sorte le plus vite possible, car il n'avait plus de liquide amniotique pour survivre et son petit cœur ralentissait.

Jamie voulu l'interrompre, mais se mit très vite dans la peau de Maria et ressentie toutes les émotions au plus haut degré. Will se leva et tout en faisant les cent pas, continua son histoire.

- J'avais ordre de rester dans la salle d'attente et de ne pas bouger. Quand soudain, les médecins et sages-femmes sont venus me voir. Je pouvais lire dans leurs yeux que quelque chose n'allait pas. On m'a tendu un paquet de lange, et on m'a dit que c'était tout ce qu'il me restait. Bien sûr le bébé était trop petit et devait repartir de suite en couveuse, j'ai donc pris mon bébé dans les bras, et j'ai demandé comment allait la maman et quand je pourrais la voir. Le médecin baissa alors les yeux, et d'une voix presque amicale, m'annonça qu'ils avaient fait tout ce qu'ils pouvaient, mais qu'ils n'ont réussi à sauver que mon fils. Soudain, j'ai senti la terre s'effondrer autour de moi sans qu'elle ne parvienne à m'engloutir. Maria n'avait pas survécu à l'accouchement, elle souffrait d'une hémorragie interne et d'un décollement du placenta. La maman ne pouvait être sauvée, alors ils ont tout tenté pour sauver le bébé. Je lui en ai voulu d'être vivant pendant quelques temps, puis je me suis attaché à ce petit morceau de vie que Maria m'avait laissé.

Jamie poussa un énorme soupir et se surprit avec les larmes aux yeux.

- Voilà, reprit Will, maintenant vous connaissez mon triste passé ou mon lourd secret, comme vous voudrez.

Jamie passa un doigt sous ses yeux, afin de ne pas laisser couler les larmes.

- Mais dites-moi ! Enchaîna-t-elle, qu'est devenu ce bébé ? Qu'en avez-vous fait ? Vous l'avez gardé ou vous l'avez confié à une famille ? Avez-vous des nouvelles de lui ? Et comment s'appelle-t-il ?…

- Oh oh oh oh ! Vous allez me poser combien de questions comme ça sans vous arrêter ? Pour bien vous répondre, mon fils vit avec moi, il a vingt-six ans et s'appelle Marc. En effet, je l'ai gardé, et j'ai toujours pris soin de lui. Depuis toutes ces années, nous avons vécu ensemble, avec pour seule compagnie, la mémoire de sa mère. Je n'ai jamais voulu remplacer Maria, jusqu'au jour où je vous ai vue et que mon cœur s'est emballé pour la première fois depuis si longtemps.

Jamie resta sans voix et sentit ses joues rougir, comme si elles allaient prendre feu ou se consumaient déjà. De honte, de timidité ou de flatterie ? Elle l'ignorait. Ce qu'elle savait par contre, c'est que l'homme qu'elle aimait avait un fils de vingt-six ans. Allait-il l'accepter ou la rejeter ? C'était encore une autre affaire. Et elle, comment allait-elle s'y prendre ? Elle n'en savait rien, mais vraiment rien du tout. Jusque-là, se dit-elle, elle n'avait eu aucun problème avec Will, bien au contraire, elle se sentait très bien en sa compagnie. Mais elle dut se rendre à l'évidence que ce jeune homme n'avait jamais eût de belle-mère. Comment réagira-t-il lorsque son père lui annoncera la nouvelle ?

- Jamie ? Intervint Will très inquiet, vous me semblez si loin, voulez-vous que je parte et que je vous laisse le temps de digérer tout ça ?

Jamie le fixa, presque amusée par l'expression de son visage, et s'efforça de ne pas rire ni sourire. Le visage neutre, elle répondit :

- Oui, j'aimerai volontiers que vous me laissiez un moment seul. Et tant que j'y pense, Will, désormais veuillez ne plus m'appeler…

Le souffle de Will fut coupé net et il ne comprit toujours pas le sens de sa phrase tant il semblait bouleversé.

- Vous ne voulez plus que je vous appelle ?

- C'est exact ! Reprit-elle en s'approchant de lui. Ne m'appelez plus jamais VOUS, je préfère qu'à l'avenir on se dise TU. Tu ne crois pas ? Dit-elle en éclatant de rire.

Will laissa couler une larme sans pouvoir la retenir.

- Alors, ajouta-t-il, je peux vous, enfin te dire TU ? Et tu n'es pas fâchée ou déçue ? Je peux donc continuer de te voir ? Si seulement tu savais à quel point je t'aime et combien tu es importante à mes yeux.

Jamie se blottit dans ses bras et à son tour laissa échapper quelques larmes d'émotion.

- Je suis très heureuse confia la jeune femme car maintenant je me sens vraiment très proche de toi et de plus je connais ton passé. Je connais aussi certain de tes goûts et je pense connaître aussi tes envies.
- Mes envies ? Reprit Will très étonné. Sais-tu de quoi j'ai envie en ce moment ?
- Oui, je crois le savoir.
- Maintenant tu « crois » reprit-il d'un air amusé.
- Oui, en effet, je crois que tu as envie… de manger dit-elle en riant ou… D'une femme qui t'aime, qui prenne soin de toi et qui puisse donner un peu

d'amour à ton fils, l'amour d'une belle-mère bien entendu.

Will l'observa avec tendresse et décela dans sa voix et dans son regard, une honnêteté et une franchise qui en disait long.

- Et, tu crois que tu pourrais être tout cela en même temps ?
- Mais dis-moi, interrompt la jeune femme, c'est une proposition ?
- Je pense en effet, qu'il s'agit de quelque chose dans ce genre. Si c'était le cas, serais-tu d'accord ?

La jeune femme fit mine de réfléchir quelques instants, puis très décontractée lui répondit :

- J'en serai ravie et je serai très fière de devenir importante à tes yeux. Mais en attendant que tous nos désirs soient au comble de notre bonheur, nous devrions aller dîner quelque part.
- Oui tu as raison conclut-il, c'est moi qui invite comme promis. Toujours d'accord pour le resto dans le petit village de Saint Benoît ?
- Oui, toujours fit-elle, en attrapant son sac à main.

Will la regarda avec un bonheur sans pareil puis la remercia. Elle lui rendit un clin d'œil complice en guise de réponse. Ils partirent pour le restaurant. Ils riaient, buvaient et surtout semblaient heureux. La soirée s'acheva pour les deux tourtereaux et Will devait rentrer. Elle eut beaucoup de mal à le laisser partir. Elle se blottissait contre lui et répétait sans cesse qu'il pouvait rester encore un peu. Mais Will fut raisonnable, il travaillait tôt le lendemain.

Chapitre 4

Les journées et les semaines passaient très vite. Jamie sentait bien que le monde lui ouvrait les bras. Elle et Marc avaient fait plus ample connaissance et surtout, il semblait beaucoup l'apprécier maintenant. Will éprouvait un amour sans limites envers elle, et il savait que c'était réciproque. Il invita la jeune femme au restaurant le plus chic de la ville afin de lui demander sa main. Il avait tout organisé avec les serveurs. La bague de fiançailles était disposée à l'intérieur d'un petit gâteau à la crème et les clefs de sa maison seraient plongées dans sa tasse à café. Vêtue d'une magnifique robe à fleurs mi-longue et Will d'un de ses plus beaux costumes très chics, ils se retrouvèrent à dix-neuf heures trente au restaurant.

Les yeux écarquillés, Jamie scruta les alentours, émerveillée par tout ce qui l'entourait, elle ne put dissimuler la sensation de bien-être qui l'envahissait. On aurait dit une princesse à son premier bal. Will tira la chaise de la jeune femme en lui faisant signe de s'asseoir. Surprise, elle prit place. Il contourna la table et s'installa en face d'elle. Le bras levé, il interpella un serveur, et c'est avec un grand sourire qu'il se tourna vers sa compagne et lui glissa à l'oreille :

- Ma chérie, tu vas passer ce soir une soirée inoubliable, je te le promets.
- Vous m'avez fait demander ? L'interrompt le serveur.
- Oui, en effet reprit Will, J'aimerai que vous commenciez à nous apporter nos apéritifs, puis vous enchaînerez avec le reste comme convenu.

Le serveur leur adressa un sourire radieux, puis tourna les talons. A peine cinq minutes plus tard, les deux tourtereaux avaient leurs apéritifs ainsi que des amuse-gueules sur la table.

- Will, fit la jeune femme, tu as pensé à tout, tu nous as même commandé du champagne. Je trouve ça vraiment génial. Mais je pense que tu n'aurais pas dû te donner toute cette peine. Quoi qu'il en soit, je suis très heureuse d'être là ce soir, avec toi.
- Je te comprends, dit-il amusé, je suis le plus beau ce soir, c'est tout à fait normal.

Ils riaient tous les deux. Elle aimait son sens de l'humour. Il l'amusait beaucoup.

- J'en suis ravi tout comme toi, reprit-il sérieusement, mais le plus beau reste à venir. Je t'ai préparé une véritable surprise.

- Une surprise ? Mais tu n'aurais pas dû. Tu n'as pas fait de folies j'espère ?
- Non, ne t'inquiète pas, rien n'est ni trop beau ni trop fou pour toi, sourit-il.

Jamie rit aux éclats, elle ne savait pas si c'était nerveux ou si elle était heureuse. Elle eut énormément de mal à quitter son compagnon des yeux, tant elle le trouvait séduisant et irrésistible. Will l'invita à danser. En un rien de temps, ils devenaient le centre d'intérêt de toute la salle. Leur danse fluide et sans défauts, attirait tous les regards sur eux.

Pendant qu'ils dansaient, un serveur avait dressé leur table et le repas tout chaud embuait la cloche dont il était recouvert. Les amoureux revinrent s'asseoir. Will tira, de nouveau avec élégance, la chaise de son invitée. Elle remarqua avec admiration, qu'il y avait encore des hommes courtois en ce bas monde. Le dîner s'était déroulé dans une ambiance détendue et chaleureuse telle que Will l'avait souhaité.

Le serveur voulait débarrasser leurs couverts afin d'apporter le dessert. Will refusa gentiment qu'on les serve de suite. Il n'avait pas eu le temps de sonder correctement le cœur de sa promise. Il essayait de s'informer sur ce qu'elle attendait de la vie et de lui plus précisément. Elle paraissait enthousiaste la première fois qu'il lui avait posé la question, mais était-ce bien ce qu'elle désirait. Il se devait d'en avoir la certitude avant de continuer le dîner. La jeune femme décela une lueur étrange dans le regard de Will, comme si toutes les lumières du restaurant y reflétaient. Elle ne savait pas si leur conversation était très sérieuse ou allait le devenir. Elle sentait bien qu'il allait lui poser une question importante ou du moins, il voulait la lui poser. *Allait-il le faire* ? *Était-ce pour ce soir ou pour un autre soir* ? Elle n'en savait rien, mais elle attendait. Elle était également prête à l'entendre, puisqu'elle connaissait sa réponse. Will entreprit la conversation d'une voix solennelle et à la fois rassurante.

- Jamie ! Commença-t-il, t'ai-je dit, ce soir, que tu étais ravissante ? Si je ne l'ai pas fait, je m'en excuse.
- Oh ! Ne t'excuse pas, tu me le dis quasiment tous les jours. Mais il est vrai que j'aime l'entendre, sourit-elle.

Will laissa courir son regard sur elle, sans pour autant être inconvenant.

- Tu sais, dit-il, je n'ai jamais dîné avec une femme aussi jolie que toi. Tu es si distinguée, si raffinée. Je suis fier d'être assis en face de toi et de plus, j'ai l'impression que tout le monde le sait, on dirait qu'ils ne voient que toi dans ce restaurant.
- Non, tu exagères. Les gens ne savent même pas que je suis là.

Ils se fixèrent un moment et ne purent s'empêcher de rire.

- Will, j'ai l'impression que tu essaies de me dire quelque chose depuis tout à l'heure, mais que tu n'oses pas.
- En effet, je ne sais pas comment te le dire.
- Va droit au but, mon chéri, ne cherche pas tes mots.
- Tu as dit quoi ?
- Je t'ai dit d'aller droit au but.
- Non juste après ça.
- De ne pas chercher tes mots.
- Non ! Avant.
- Avant ? Mais je n'ai rien dit, ou je ne m'en souviens pas.

Jamie savait très bien ce qu'elle avait dit. Elle n'osait pas lui répéter, par timidité ou envie de le taquiner un peu.

- Jamie ! Dit Will, tu m'as appelé *chéri* ? J'ai bien entendu ? Ça fait maintenant deux fois que j'entends ce petit mot sortir de ta jolie bouche.
- Oui, en effet, je t'ai appelé comme ça, mais si tu ne veux pas, je ne le ferai plus.

- Au contraire, ce petit mot m'est allé droit au cœur, car jamais personne ne m'avait appelé ainsi en dehors de ma mère. A vrai dire, j'aime beaucoup l'entendre, surtout venant de toi. Je t'avais même demandé la première fois de recommencer aussi souvent que possible. Tu t'en souviens ?

La jeune femme se sentait soulagée, mais elle n'oserait plus lui redire de sitôt.

- Jamie, surenchérit-il, as-tu pris des engagements avec un autre homme ?
- Non, bien sûr que non, je n'ai d'ailleurs plus assez de place dans mon cœur et dans ma vie. Tu prends déjà toute la place qu'il peut y avoir. Il ne me reste rien pour personne.

Il se mit à rougir et enchaîna.

- Serais-tu prête à prendre un engagement avec quelqu'un ?
- Je pense que oui mais tout dépend de la personne.

Maintenant elle en était sûr, il allait lui demander de vivre avec ou de l'épouser.

Le cœur de Will venait de décompresser, mais celui de Jamie avait subitement accéléré. Elle pensait qu'il pouvait l'entendre tellement il cognait fort dans sa poitrine. Le feu commençait à gagner ses joues. Elle avait très chaud et regretta presque les paroles dites. Will, très confiant, leva le bras pour appeler le serveur et demanda qu'on leur apporte le dessert. Pour lui, ces paroles voulaient dire beaucoup. Il se sentait rassuré.

Le délai entre la demande et l'arrivée du dessert fut très court et Jamie attendait toujours qu'il parle mais, rien, il se contentait de sourire aux anges.

Les gâteaux avaient l'air appétissants et de plus, Jamie raffolait de crème anglaise. Elle ouvrit de grands yeux et se tourna vers Will.

- Comment savais-tu que c'étaient mes gâteaux préférés ?
- C'est franchement un pur hasard, crois-moi.
- Tu es merveilleux et tellement imprévisible.

Elle venait d'engloutir une bouchée énorme. Will craignait qu'elle avale la bague. Il l'observa. Elle avait l'air d'une enfant à qui l'on venait d'offrir un énorme gâteau. Il commença à manger le sien, tout en gardant un œil sur Jamie. Soudain, elle poussa un fort gémissement, elle venait de croquer quelque chose de dur.

- Will, dit-elle, encore la bouche pleine, il va falloir se plaindre, je viens de croquer quelque chose de vraiment très dur, je ne sais pas ce que c'est, mais si tu ne le fais pas, moi je vais le faire.

Will lui adressa un sourire amical et attendait avec impatience qu'elle la sorte de sa bouche. Jamie prit une serviette en papier et laissa tomber l'objet dedans, et, sans prendre la peine de voir ce qu'il y avait à l'intérieur, referma la serviette et la déposa sur la table.

- Jamie, tu devrais regarder ce que c'est, comme ça, après le dîner, nous montrerons au patron ce que tu as trouvé.

Jamie, furieuse, prit la serviette d'un geste rapide et l'ouvrit. Il y avait trop de crème autour, elle ne voyait pas ce que c'était. Elle l'essuya et se mit à hurler en portant une main à sa bouche.

- Will ! Mais tu es fou ! Non seulement j'aurai pu l'avaler, mais en plus elle a dû coûter une vraie fortune ! Il ne fallait pas.
- Sache encore une fois ma puce, qu'il n'y aura jamais rien de cher quand cela te sera destiné.

Il reprit sa respiration et s'empara de sa main qu'il glissa langoureusement au creux de la sienne et posa un genou au sol avant de lui demander.

- Jamie, veux-tu m'épouser ?

Elle observa la bague sous tous ses angles.

- Elle est merveilleuse, Will, C'est une pure folie.
- Jamie, tu ne m'as pas répondu, veux-tu m'épouser ?

Elle ancra son regard dans le sien et lui passa les bras autour du cou en se jetant sur lui. Il faillit perdre l'équilibre.

- Bien sûr que je veux t'épouser, tu fais déjà de moi la femme la plus heureuse. Je serai fière de devenir Madame BECKETT. Tu peux me croire. Sans vouloir te flatter, depuis que je suis avec toi, j'ai vraiment retrouvé le goût de vivre et je me sens encore plus heureuse qu'avant ton arrivée dans ma vie.

Will prit la bague des mains de la jeune femme et la lui passa autour du doigt. Une larme venait de perler le long de ses joues. De l'index, il l'essuya.

- Jamie, tu ne vas pas te mettre à pleurer quand même.
- Je ne pleure pas, je suis très émue, tu ne peux pas imaginer à quel point je suis heureuse. J'attendais ce jour depuis si longtemps. J'ai tellement rêvé entendre ces mots, que je n'y croyais plus.

Et tous les deux, s'échangèrent un baiser si long, qu'ils avaient attiré tous les regards sur eux. Toute la salle se mit à applaudir devant ce spectacle, mais aucun d'eux ne semblait s'en préoccuper. Le serveur apporta les cafés sans qu'on les lui ait demandés.

- Je vous remercie, dit Will amicalement, en adressant un petit clin d'œil au jeune homme.

Jamie ne comprenait pas ce qui se passait et ne voulait en aucun cas se poser de questions. Elle savourait pleinement cet instant et ne laissait rien venir lui gâcher son plaisir, songea-t-elle. Sans se détourner des yeux de Will, elle avala une gorgée en prenant soin de ne pas se brûler.

- Il est excellent ce café, tu ne crois pas ?
- Oui, c'est vrai. Il est comme je l'aime, reprit Will, tout en gardant un œil sur la jeune femme.

Jamie lui racontait des histoires sans aucun sens. Elle parlait, parlait, sans cesser d'admirer sa nouvelle bague. Elle tournait la main dans tous les sens afin de la faire briller avec les lumières du restaurant. Le diamant était énorme. Elle aurait aimé que tout le monde la voie.

Subitement, elle fixa Will et adressa un coup d'œil discret au serveur qui les regardait depuis maintenant cinq bonnes minutes.

- Qu'y a-t-il, Will ? Le serveur et toi n'arrêtez pas de me regarder, j'ai de la crème sur le visage ? Que se passe-t-il ? Qu'as-tu encore préparé ?

Will ne put s'empêcher de rire. Mais il attendait avec la plus grande impatience qu'elle trouve enfin les clés de sa maison à l'intérieur de sa tasse à café. Il voulait voir comment elle réagirait en comprenant qu'il lui demandait de venir vivre avec lui. Jamie avala à nouveau une autre gorgée de café.

- Je n'ai rien ma chérie, je te le promets, mais si ce serveur te regarde, c'est peut-être qu'il te trouve très belle, il a bon goût, tu peux me croire.

Jamie sentait bien que tous les deux étaient de connivence. Elle savait que quelque chose l'attendait mais elle ignorait totalement ce que cela pouvait être. Dans l'incompréhension des faits, elle décida d'avaler son café d'un seul trait afin d'éviter toute question sans réponse. Un autre gémissement fit rire Will de bon cœur en voyant la tête de Jamie.

- Mais ! Dit-elle avec stupeur, tu as décidé de me tuer ce soir ?

Will rougit subitement et attendait sans mot dire.

- Des clés ? Constata Jamie avec encore plus d'étonnement. Pourquoi des clés se trouveraient-elles dans mon café ?

- Je ne sais pas, continua Will. Peut-être que la personne qui les a mises là, attend une réponse.

- Mais une réponse à quoi ? Interrogea-t-elle. J'ignore totalement de quoi il est question, à moins que…

Jamie plongea dans son regard et comprit sans la moindre équivoque ce dont il s'agissait. Vivre avec lui. *Serait-elle à la hauteur* ? Elle n'en savait rien. Elle ne se sentait pas encore prête. Mais comment lui dire qu'elle aimerait rester seule pour le moment, profiter d'être célibataire, pouvoir rentrer quand elle le souhaite et partir sans avoir de compte à rendre. Mais vivre avec lui, serait pour elle, un véritable cadeau du ciel. Cet homme était si gentil, si charmant, elle en avait tellement envie… Will interrompit ses pensées.

- Tu sais, ma chérie, je ne veux surtout pas te brusquer, je ne désire qu'une seule chose, ton bonheur et si vouloir vivre avec moi, te donne à réfléchir, alors réfléchis et prend le temps qu'il te faudra. Ce trousseau de clés est maintenant à toi. Tu les as toutes, y compris celle du garage et de la boîte aux lettres. Quand tu seras prête, tu passeras me voir et qui sait, tu t'installeras sûrement.

Jamie se sentait déjà mieux, il ne lui imposait rien, au contraire, il comprenait mais surtout était très patient avec elle. Elle était si douce, si dévouée qu'elle détestait par-dessus tout se sentir oppressée. Pour le moment elle se contenterait d'aller chez lui à chaque fois qu'elle en aurait envie mais surtout sans contraintes.

- Tu es un amour, M. BECKETT, tu sais toujours ce que je souhaite et ce dont j'ai besoin. Mais comme je t'ai déjà expliqué, j'ai vécu une expérience douloureuse et malheureuse, j'ai encore du mal avec les grandes décisions. Je me sens très bien avec toi. Je souhaiterai que l'on apprenne davantage à se connaître et que l'on profite de tout ce que l'on vit ensemble avant un engagement définitivement.
- Je t'ai déjà dit de ne pas t'inquiéter. Je t'aime tellement que je peux attendre. De plus nous n'habitons pas très loin l'un de l'autre, on peut se voir autant que l'on veut. L'essentiel c'est que tu n'aies pas refusé ma demande en mariage. C'était pour moi très important, car tu es la seule femme à qui je l'ai vraiment demandé. Je saurai te rendre heureuse, tu n'as pas à avoir peur.

Elle en était certaine, il paraissait serein et sûr de lui. Mais Will n'avait en aucun cas l'air déçu ou contrarié. S'il l'était, il cachait très bien ses sentiments se dit-elle.

Il proposa de la raccompagner jusque chez elle. Elle accepta bien entendu et suggéra de boire un dernier verre avant qu'il ne parte. Ce qu'ils firent. Elle eut même l'occasion de lui montrer à quel point la soirée lui avait plu et combien elle l'aimait. Ce soir était « leur » soir, ils allaient s'unir d'un amour si fort qu'ils ne feraient qu'une seule et même personne.

* *

*

Deux jours interminables pour tous les deux venaient de s'écouler. Ils ne s'étaient pas donnés de nouvelles tant leur travail les occupait. Jamie trouvait le temps long et se sentait épuisée par toutes ses audiences. Dans l'immédiat, sa priorité était Will. La demande qu'il lui eût faite ne la laissait pas indifférente, elle aurait souhaité habiter chez lui et tout laisser derrière elle. Mais au plus profond de son âme, elle redoutait ce jour avec une immense peur. Bien sûr, elle croyait fortement en leur couple, mais l'amertume que Peter lui avait laissée, la faisait doublement réfléchir. Elle avait tant donné à cet homme. Elle s'était surtout promise de ne jamais retomber dans ce piège infernal qu'est l'amour. Les circonstances en sont déjà autrement. Elle était très éprise de Will, il lui procurait un bonheur et un bien être fou. Ils allaient tous deux vers les mêmes objectifs. Pas un ne contrariait le travail de l'autre, et chacun le respectait, ce qui était pour elle, primordiale. Son annulaire brillait de mille feux, signe qu'elle avait accepté sa demande en mariage. Elle ne pouvait plus reculer. Elle enfouit sa tête au creux de ses mains et secoua ses cheveux en arrière. Elle n'arrivait plus à avoir de pensées cohérentes. Elle quitta le bureau et décida de se rendre chez Will. Il n'était pas là. Elle s'en doutait un peu car il travaillait. Will était commercial, il avait un secteur d'activité très dense et connaissait chaque coin et recoin de la ville et les villes avoisinantes. C'était un homme minutieux dans son travail. Perfectionniste, il exerçait ce métier depuis un peu plus de dix ans.

La maison n'était pas vide il y avait Marc. Le jeune garçon fut surpris et à la fois très heureux de rencontrer sa future belle-mère. Jamie lui suggéra de l'appeler par son prénom. Ce qui mit Marc très à l'aise. Le jeune garçon ne put s'empêcher de remarquer à quel point elle était jeune et belle. Il fut tout de suite séduit par sa douceur et son calme. Il ne la voyait pas seulement comme une belle-mère, mais plutôt comme une amie à qui il pourrait se confier s'il avait le moindre souci. Il était de nature très réservée, et comme il n'avait jamais grandi avec une présence féminine à ses côtés, il ne savait pas comment se comporter avec elle.

Ils se mirent à discuter, à parler de tout et de rien, de la pluie et du beau temps, mais surtout de lui. De ce qu'il faisait, de ses études et s'il avait une petite amie. Elle semblait bien trop curieuse pour une future belle-mère pensa-t-il, mais tellement attentionnée envers lui, qu'il aimait répondre à ses questions. Marc ne lésina pas sur les détails, il lui avoua qu'il n'était pas un élève brillant mais que son rêve le plus cher, était de devenir dessinateur de mode ou architecte. Bien que ces deux métiers soient en tous points différents, ils se définissaient par le dessin qui était sa plus grande passion, parmi d'autres, et ce depuis tout petit. Il adorait dessiner les plans de maisons inconnues, qu'il inventait, et aimait beaucoup y faire entrer des personnages avec des vêtements de rêve. Comme ceux que l'on rencontre dans les contes de fées. Il lui avoua également ne pas avoir de petite amie, mais qu'il était attiré par une jeune femme très belle. Il savait qu'il n'avait aucune chance car elle avait un homme dans sa vie.

Jamie crut déceler une lueur étrange dans les yeux du jeune garçon, comme si on venait de lui arracher la plus belle chose au monde qu'il souhaitait avoir. Il ne la regardait plus de la même manière. Parfois son regard devenait gênant. Elle voulut changer de conversation en parlant de son père. Jamie se leva, l'air de rien, en faisant mine d'admirer les photos qui se trouvaient sur le mur.

- Votre père rentre à quelle heure ?
- Je ne sais pas, mais je pense qu'on a le temps.
- Le temps ? Mais pourquoi ?
- Parler tout simplement. J'aimerai mieux vous connaître et savoir ce qui a charmé mon père.

- Ce n'est pas à moi qu'il faut poser cette question mais à votre père et, libre à lui de vous le dire ou non.
- Je voulais simplement connaître un peu mieux ma future belle-mère.

Elle voulait se montrer un peu plus compréhensive envers lui. Après tout, se dit-elle il n'avait pas connu sa mère et n'a pas de petite amie, elle représentait son unique modèle féminin. Pour toutes ces raisons, elle devait y aller en douceur avec lui.

- C'est bon, dites-moi ce que vous voulez savoir et je vous répondrai.

Marc enchaîna les questions sans marquer de pause, comme s'il avait peur de ne pas pouvoir terminer.

- Que faites-vous dans la vie ? Quel âge avez-vous ? Et, comment avez-vous rencontré mon père ?
- Stop ! S'écria -t-elle, si vous voulez que je vous réponde, il va falloir être patient. Une question à la fois.

La jeune femme se rassied et entreprit les réponses attendues.

- Tout d'abord, j'ai trente-trois ans, je suis Avocate au barreau d'Avranches et j'ai rencontré votre père suite à un malaise que j'ai eu dans la rue. Il est venu à mon secours et m'a aidé, Ce n'était rien de grave heureusement, juste un peu de fatigue. Ensuite il a cherché à prendre de mes nouvelles et...

Will venait de franchir le seuil de la porte, et admira avec une joie immense le spectacle qui s'offrait à lui. La femme qu'il aimait, avec son fils.

- Chéri ! Cria Jamie en se jetant à son cou. Je suis si heureuse de te voir.
- Moi aussi je suis heureux de te voir, non de vous voir tous les deux.

Elle lui sourit tendrement et l'embrassa.

- Marc et moi étions en grande conversation, il me parlait de son avenir et de ses études. Je trouve ses projets et ses rêves très intéressants. Pas toi ?
- Oui, bien sûr, je trouve que mon fils fait beaucoup d'efforts pour devenir quelqu'un de bien. Et tu peux me croire, il y arrive. Mais au fait, tu ne m'as pas dit pourquoi tu étais venue ? Maintenant que madame a les clés, on peut tout se permettre, la taquinait-il. Tu as entièrement raison, c'est moi qui te l'ai demandé, tu es ici chez toi.

Elle rougit, il la serra plus fort contre lui.

- Deux jours sans te voir cela devenait trop long pour moi. Je venais également t'annoncer que je vais avoir un peu de temps libre car l'affaire dont je m'occupais vient de s'achever.

Tous les deux continuaient leur conversation sans se soucier de Marc qui les regardait comme un simple spectateur devant un film. Will et Jamie avaient complètement oublié la présence du jeune garçon. En voyant ce qui se passait, Marc regagna sa chambre sans que cela n'ait perturbé l'un ou l'autre.

- Donc, reprit Will, tu vas avoir du temps libre. Mais que pourrions-nous faire de tout ce temps ? Partir en vacances ? S'installer devant la cheminée toute la journée en buvant du champagne ? Ou, la meilleure de mes idées, emménager chez moi ? Laquelle de ces trois propositions choisirais-tu ?

- A vrai dire la deuxième est très alléchante, quant à la première, je n'ai pas le temps des vacances improvisées. Mais je préfère de loin la troisième. Je pense que toi aussi, non ?

Will n'en revenait pas, elle venait d'accepter sa demande de vivre avec lui pour de bon. Il était, ce soir, l'homme le plus heureux au monde. La femme qu'il aimait par-dessus tout, allait enfin partager sa maison. Soudain, en se tournant pour annoncer la nouvelle à son fils, il eut le regret de constater qu'il n'était plus dans la même pièce qu'eux.

- Marc ! Marc ! S'écria Will, tu es dans ta chambre ?
- Oui ! 'Pa, qu'y a-t-il ?
- Descends une minute s'il te plaît, nous voudrions te parler.

Et le jeune homme s'exécuta.

- Oui ? Que se passe-t-il ? Vous voulez me parler ?
- C'est exact mon fils. Approche ! Nous avons une superbe nouvelle à t'annoncer.

Brusquement, Marc senti son corps mou. Un sentiment horrible venait de l'envahir. Une peur étrange qu'il ne pût expliquer et inconsciemment il détesta la jeune femme.

- Vous allez avoir un enfant ? C'est ça ?
- Mais non gros bêta, reprit son père. C'est juste que, Jamie va venir s'installer avec nous. Mais vu la tête que tu fais, j'espère que tu n'es pas contre.
- C'est ça ! Votre nouvelle, dit-il soulagé. Je n'ai rien contre, j'en suis même ravi. On aura enfin une petite touche féminine dans notre maison.
- Oh là ! Surgit Jamie, ne croyez pas que, parce que je serai là, vous allez vous la couler douce.
- Je pensais vraiment qu'elle effectuerait toutes nos tâches ménagères dit Marc en riant.

Et tous les trois éclatèrent de rire en même temps.

- Dites-moi tous les deux, intervient Will, si nous allions fêter cette nouvelle ?

Aucun n'y fit opposition. Ils se retrouvèrent dans le même restaurant que la fois passée, mais à une table différente. Marc s'installa près de la jeune femme, face à son père. Will était ravi devant ce spectacle et ne put s'empêcher de contempler son fils avec Jamie. Il imaginait déjà à quel point son fils et lui seraient heureux de partager leur maison avec Jamie. Will les regardait parler, rire et boire. Il affectionnait particulièrement cet instant et en était admiratif. Il se surprit à rêver de choses particulièrement belles. Mais il était temps se dit-il de redescendre sur terre et de partager la conversation avec sa famille.

Chapitre 5

Jamie de son côté, avait entrepris le déménagement et tout semblait se dérouler comme elle l'avait souhaité. Le cœur serré, elle eut quand même un peu de mal à quitter sa maison. Elle l'avait décorée à son goût, mit les couleurs et les objets qu'elle aimait. Elle se demandait si elle pourrait aussi apporter sa petite touche personnelle dans son nouvel environnement et surtout si les deux futurs hommes de sa vie allaient aimer son goût et sa décoration. Elle emporta avec elle ses photos et souvenirs personnels.

Le déménagement ne dura pas plus de deux jours. Marc ne changea pas son emploi du temps pour leur accorder son aide. Il vaquait à ses occupations habituelles. Jamie trouva très vite ses repères. Emménager dans une nouvelle maison n'était pas très dur pensa-t-elle. Mais vivre avec deux hommes, allait-elle y arriver ? Confiante malgré tout, elle ne voulait pas y penser maintenant. S'il y avait le moindre problème, elle le gérerait en temps voulu.

Ce soir était leur première soirée ensemble dans leur maison. Cela voulait dire, qu'ils allaient dormir et se réveiller tous les jours l'un contre l'autre. Le bonheur pétillait au fond de ses yeux tel des milliers d'étoiles dans un ciel à peine obscur. Se réveiller dans les bras de Will songeait-elle, serait les plus beaux instants de sa vie. Elle les attendait avec une grande impatience. Partager la vie de cet homme, était pour elle un rêve inespéré. Elle jeta un œil avisé dans la cuisine et soudain eut envie de leur préparer quelque chose de bon afin qu'ils puissent apprécier ses talents culinaires. Après tout, Will n'était pas le seul à savoir cuisiner, se dit-elle. Avec une grande aisance, elle commença la préparation du dîner.

Le réfrigérateur grand ouvert, elle remarqua que tout y était. Fruits, légumes, viande, produits laitiers, il ne manquait rien. Elle savait que Will avait un penchant pour le gibier. Mais ce soir, elle lui mijoterait, son fabuleux coq au vin accompagné de pommes de terre nouvelles, dont elle avait la recette. Le repas enfin prêt, elle dressa la table pour trois, prenant soin de nettoyer la cuisine afin qu'il ne reste aucune trace des préparatifs.

Will, à son arrivée, eut l'agréable surprise d'apprécier la bonne odeur du repas qui se nicha aussitôt au creux de ses narines. En effet, Jamie avait mis tout son cœur pour que ce premier soir leur fût inoubliable à tous les deux. Marc, très observateur, ne voulait pas rompre le charme qui planait en ces lieux. Il annonça très simplement qu'il dînerait chez l'un de ses amis. Jamie en était ravi mais n'osa pas le lui montrer. Elle ajouta très naturellement :

- Marc, tu ne vas pas nous laisser, c'est notre premier soir à tous les trois, dîne avec nous.
- J'aurai beaucoup aimé, lui avoua-t-il. Mais je suis attendu chez Steve. Tu sais, c'est mon meilleur ami, je ne peux pas le décevoir. Et puis, je suppose que vous serez mieux sans chaperon. N'est-ce pas ?

Jamie n'insista pas davantage et laissa Will conclure la conversation en espérant qu'il n'insisterait pas trop non plus. Ce qu'il fit bien évidemment. Will parut enchanté à l'idée qu'ils allaient être deux, et trouva étrange que Jamie lui ait proposé de rester. Lui aussi aurait voulu insister, mais eut peur de la réponse de Marc. Il craignait qu'il accepte de rester, alors il n'en fit rien.

- Bonne soirée, mon fils ! Ne rentre pas trop tard !
- D'accord 'Pa c'est promis. Mais promettez-moi, vous aussi de ne pas faire de bêtises pendant mon absence.

Will et Jamie se regardèrent, surpris ils pouffèrent ensemble de rire.

- C'est promis ! Dirent-ils d'une même voix.

Marc tourna les talons après avoir adressé à son père un clin d'œil qui en disait long.

La cheminée au milieu du salon pétillait déjà de tout son éclat. Le feu étincelait et brillait comme des milliers de diamants.

Will proposa de boire un verre de vin assis confortablement près du feu. Trois ou quatre coussins jetés à terre, ils prirent place. Jamie se blottie tout de suite contre lui et ferma les yeux quelques instants pour profiter du moment.

- Tout va bien ma chérie ?
- Oui, ça va, Pourquoi ?
- C'est que... Ce soir, je te sens... Rêveuse, ailleurs.
- Eh bien, je crois que tu as raison. Je ne me suis encore jamais retrouvée assise près d'un feu de cheminée blottie contre l'homme que j'aime.
- J'en suis ravi, car c'est une première pour moi aussi. Il faut dire que ta compagnie m'est forte agréable. Grâce à toi, j'ai une nouvelle raison de me sentir bien.
- Tu sais, toi aussi tu es la meilleure chose qui me soit arrivée depuis bien longtemps et j'aimerai que ces instants soient éternels.

Ils se regardèrent et s'échangèrent un baiser si long, qu'ils en avaient presque oublié le dîner.

- Oh, fit-elle amusée, nous allons manger froid à ce rythme-là !
- C'est vrai, et ce n'est pas le moment car ce soir j'ai une faim de loup.

Ils prirent place à table et Jamie organisa le service avec une telle aisance, qu'on l'aurait cru serveuse. Will appréciait le spectacle qui s'offrait à ses yeux et rêvait déjà aux jours prochains où il aurait sa femme près de lui. Il n'envierait plus ses voisins ni ses clients. Maintenant il aurait, comme tous les autres hommes, **une femme** à ses côtés, une raison de rentrer tôt du travail et de se lever tard. Il aurait aussi des instants magiques et complices et des moments tendres à partager. Tout ce qu'il n'avait jamais connu depuis toutes ces années.

La soirée se déroula dans une ambiance harmonieuse et elle se termina près du feu. L'un contre l'autre, ils savouraient ces instants et pensaient déjà aux jours futurs.

*   *

*

Au petit matin, elle se réjouit d'être encore dans ses bras. Il y avait bien longtemps qu'elle ne s'était pas réveillée près d'un homme. Elle était toute recroquevillée contre lui. Elle se leva, sans faire de bruit, pour préparer le petit-déjeuner. Elle ne savait pas trop s'il fallait également le faire pour Marc, car elle ne l'avait pas entendu rentrer cette nuit. Pour ne fâcher personne, elle le prépara quand même. Sur un plateau, elle déposa deux bols ainsi que des biscottes et du beurre. Une fois la cafetière éteinte, elle versa le café dans les bols et n'omit pas le lait. Elle prit également soin de mettre un troisième bol sur la table de la cuisine au cas où Marc serait rentré. Le plateau dans les mains, elle monta les marches sans le renverser. Elle le posa sur le lit, ouvrit les rideaux, et, en très peu de temps, Will fut ébloui par les rayons du soleil.

- Bonjour mon chéri, lui glissa-t-elle au creux de l'oreille.
- Bonjour ma puce, répondit-il encore tout endormi.
- La journée promet d'être belle, tu ne crois pas ?
- La seule chose qui est belle pour le moment, c'est toi.

Jamie semblait ravi et lui retourna le compliment.

- Qu'ai-je fait pour avoir mon petit-déjeuner au lit ? Dit-il l'air surpris.
- Tu m'as seulement offert de partager ta vie et tu m'aimes cela devrait suffire non ?
- Oui, mais je t'ai aussi demandé de m'épouser, dit-il en essayant de garder son sérieux. Désormais, tous les matins tu devras me l'apporter au lit, et en plus comme je t'aime très fort, il faudra faire vite car je ne voudrai pas être en retard pour le travail.

Comme il ne riait pas, elle s'étonna. Surprise, elle douta presque de ses mots. Riait-il ? Ou était-il sérieux ? Elle ne savait plus.

Devant son air ahuri, il se mit à rire, mais à rire de toutes ses forces.

- Je te faisais marcher avoua-t-il en la rassurant. Je ne suis quand même pas un monstre, ne t'inquiète pas, et puis tu sais, mon petit-déjeuner, je me le suis toujours préparé seul et je ne vais pas, aujourd'hui, parce que tu es là, te demander de me le faire. Je tiens beaucoup trop à toi pour que tu me serves de bonne.

Émue, elle se nicha contre lui sans dire un mot avec une petite larme à l'œil. Elle avala son café la gorge encore nouée sous l'émotion. Will s'excusa en lui faisant des câlins si fort qu'il l'aurait étouffée.

Maintenant qu'elle ne fut plus sous le choc, et qu'elle avait encaissé la blague, Will se leva et se prépara pour aller au travail.

Pendant qu'il se douchait, elle mit un peu d'ordre dans la chambre et ouvrit les fenêtres en grand. Elle observa avec émerveillement cette vue superbe qui s'offrait à elle. Aujourd'hui, allait être un nouveau jour à marquer d'une pierre blanche car ce serait sa première journée dans son nouvel environnement.

Un bruit de clés dans la porte éveilla sa curiosité. C'était Marc qui rentrait de chez son ami. Elle descendit comme attirée par un aimant.

- Marc, c'est toi ? Lança Jamie.
- Oui, je viens de rentrer, je ne vous ai pas réveillé j'espère ?

Il jeta son sac à dos sur le sofa et s'y écroula.

- Tiens, je t'ai préparé ton petit-déjeuner, tu devrais le boire avant qu'il refroidisse.
- Merci, c'est gentil, dit-il en se levant en direction de la cuisine.

Will descendit l'escalier avec un air si parfait, qu'on l'aurait cru sur le point de se marier. Ce qui ne lui déplairait pas sans doute. Sa serviette dans la main droite et sa veste sur le bras gauche, il entra dans la cuisine d'un pas élégant, serra la main de son fils et enlaça sa bien-aimée.

- Allez, va vite, sinon tu seras en retard ce matin, lui dit-elle tendrement.

Elle l'accompagna jusque devant la porte. Un dernier baiser avant de partir et Jamie rentra. Elle se sentait déjà triste à l'idée qu'il s'en aille toute la journée. Mais, à la différence des autres jours, elle savait qu'après le travail, ils seraient de nouveau réunis et non plus chacun chez soi.

- Dis-moi, Jamie, comment c'est passé ta soirée avec mon père ? Demande Marc avec une grande curiosité.

- Très bien je te remercie. Et toi chez ton ami, ça s'est bien passé ?
- Oui c'était bien, mais tu peux m'en dire un peu plus sur ta soirée ?
- Dis donc jeune homme, ce sont des détails réservés aux grands.

Ces paroles le blessèrent au plus haut point. Il ravala sa salive et rétorqua :

- Non mais, tu ne me prendrais quand même pas pour un gamin ? Il ne faut pas avoir plus de quarante ans pour savoir ce qu'une femme veut ou ce dont elle a besoin. Si je te demandais cela c'est parce que je m'intéresse de très près à tout ce qui touche mon père, c'est tout !
- C'est bon, ne te fâche pas Marc, je n'ai pas voulu le dire comme ça. OK, excuse-moi, on n'en parle plus, d'accord ?
- A non ! Pas d'accord, j'aimerai quand même savoir ce qui s'est passé car « très bien », n'est pas une réponse, et tu le sais.
- Pour tout te dire, j'ai passé une soirée inoubliable et merveilleuse. Je me sens très bien avec ton père et je crois que c'est réciproque. En tout cas, c'est ce qu'il

m'a fait comprendre ce matin. Voilà, maintenant tu sais presque tout.

- Mais justement, ce n'est pas « presque tout » que je veux savoir, c'est tout.

- Ça suffit Marc, je pense que tu sais exactement tout ce que tu dois savoir, dit-elle sur un ton ferme mais amical. De toute façon tu n'en sauras pas davantage, le reste de la soirée est ma vie prive et je pense qu'à ton âge, tu pourrais facilement inventer la suite, tu ne crois pas ?

Il se leva, sûr de lui, en direction de Jamie et lui glissa au creux de l'oreille :

- Ne t'en fait pas trop pour ça, bientôt tu me supplieras pour que je t'écoute.

Jamie eut le souffle coupé net et sentit le feu lui monter au visage. Folle de rage, elle se leva d'un bond, le fixa droit dans les yeux avec un regard noir et monta dans sa chambre. De son côté, Marc satisfait, venait de gagner la première manche se dit-il.

- Quel culot, mais quel petit insolent ! Il se prend pour qui ce gamin ? Me parler de cette façon, à moi ! Moi qui vais bientôt devenir sa belle-mère. Je ne suis pas sa copine tout de même… Hurlait-elle à présent.

Elle ouvrit la fenêtre de la chambre et respira à pleins poumons tout en se demandant ce qu'il voulait dire, elle n'avait pas compris le sens de ses mots. Tout à coup, elle se sentait très seule, pas au point de regretter d'avoir emménagé, mais une solitude inexplicable. Elle n'arrivait pas à comprendre Marc. C'était la deuxième fois qu'il lui parlait comme ça. On l'aurait cru presque jaloux, mais Jamie pensa qu'il y avait autre chose, mais quoi ? Pour le moment, elle n'en savait rien mais le découvrirait en temps voulu.

$$* \quad *$$
$$*$$

L'heure du dîner arriva très vite et Jamie n'avait presque rien fait de cette longue journée. Pour échapper à la présence de Marc, elle était partie flâner dans les boutiques, renouveler un peu sa garde-robe et surtout s'offrir de nouveaux sous-vêtements car maintenant il y avait un homme dans sa vie et des dessous chics étaient importants. Elle ne connaissait pas encore les goûts de Will concernant la lingerie fine, mais la dentelle fut son choix dominant.

La question se posa de savoir ce qu'elle allait faire pour le dîner. Elle ouvrit le réfrigérateur et observa de nouveau qu'il ne manquait rien, tout y était, de l'entrée au dessert. Elle prit les trois gros biftecks, les mis sur le feu et les assaisonna avec les épices qu'elle trouva puis les accompagna de légumes frais. Une crème vanille en dessert ferait tout à fait l'affaire, pensa-t-elle en se mordillant le coin de la lèvre. Il y avait également du fromage.

Elle prépara la table, pour trois, bien entendu, avant l'arrivée de Will. Le repas sentait déjà très bon et la viande paraissait cuite à point. Elle disposa le tout sur la table et posa des cloches sur les plats.

Will huma la bonne odeur qui se répandait dans la maison en franchissant le seuil de porte.

- Ah ! Te voilà enfin, s'écriait Jamie du fond de la cuisine. Je commençais à avoir très faim.
- Mais dis-moi, ça sent merveilleusement bon ici.

Il s'approcha d'elle la prit dans ses bras et l'étreignit passionnément. Un peu en signe de remerciement.

- Oh ! Que t'arrive-t-il mon chéri, on te croirait amoureux ?
- Mais je le suis chère demoiselle, et qui plus est, de toi.
- Ah bon ? Dit-elle avec un air taquin. De moi ? Mais je ne le savais pas, si tu me l'avais dit plutôt j'aurai mis une tenue plus sexy.
- Surtout, répondit-il avec assurance, ne change rien, tu es si belle, tu n'as pas besoin de t'habiller pour me

plaire, tu peux me croire, tu es ravissante. Tu sais, dit-il d'un ton encore plus sérieux, ce que j'aime en toi, c'est ton esprit, ta simplicité et ta gentillesse. Je ne regarderai jamais ni tes tenues, ni tes chaussures, et ni ta coiffure. J'aimerai que tu saches que je t'aime toi, juste pour le bien que tu ne me procures, rien d'autre.

A son tour, elle serra Will dans ses bras et ne voulait plus le lâcher. Elle ne le laissait pas indifférent, et pendant au moins cinq bonnes minutes, ils restaient collés l'un à l'autre.

Marc arriva à vive allure dans la cuisine et marqua un temps d'arrêt, comme une pause, en voyant Jamie dans les bras de son père.

- Et bien alors, que t'arrive-t-il mon fils ? On dirait que tu as vu un fantôme, tu n'es pas heureux de nous voir ainsi ?
- Euh … Si, reprit-il, c'est que… Je n'ai pas l'habitude, tu me comprends, hein ?
- Bien sûr, nous te comprenons très bien mais à partir de ce jour, il faudra t'y faire car Jamie fait partie intégrante de cette maison. Alors, fiston, essaie de ne plus faire la grimace en nous voyant enlacés, OK ?

Marc ravala sèchement sa salive avant de donner son accord à son père.

- Mais dites-moi tous les deux, le repas va refroidir, enchaîna Will pour détendre l'atmosphère.

En regardant son fils,

- Je ne voudrai pas que Jamie se fâche pour son deuxième dîner préparé dans sa maison.

Tous les trois se dirigèrent vers la salle à manger et ôtèrent les cloches qui étaient sur les plats. Will fut ébahi par la splendeur du repas. Il ne s'attendait vraiment pas à cela.

- Marc, à toi l'honneur dit Jamie en lui tendant le plat de viande.
- Merci ! Répondit-il.
- Will, mon chéri, sers-toi.
- Je te remercie ma puce, tu es une femme exceptionnelle.

Jamie rougit de bonheur pour la première fois depuis son arrivée. Le dîner se déroula dans une détente et un calme qui rendait l'atmosphère très sereine, au plaisir de chacun.

Soudain, elle se surprit à rêver, elle voyait déjà la vie auprès de ses deux hommes et imaginait aussi les moments forts et très drôles qu'elle pourrait vivre avec eux. Elle aimait y penser.

Elle avait très peu mangé ce soir car elle était encore un peu bouleversée par le comportement de Marc qu'elle n'arrivait pas à comprendre. Il fallait qu'elle lui parle en tête-à-tête se dit-elle, mais pour l'instant elle préféra mettre ses pensées de côté et finir la soirée exactement comme elle avait commencé, c'est-à-dire bien.

- Will mon cœur, veux-tu encore des légumes ?
- Non ça va, je te remercie, j'ai bien mangé.
- Marc dit-elle, veux-tu manger autre chose ?

Le jeune garçon fit une moue amusante et secoua la tête pour dire non.

- Comme tout le monde a terminé et ne veux plus rien, nous allons passer au dessert dit Jamie en se levant pour débarrasser la table.

Will se leva pour l'aider, mais il se vit prier de rester assis et d'attendre le dessert. Quant au jeune garçon, il ne fit aucune tentative. Dans de jolis ramequins, qu'elle avait trouvés, elle apporta les crèmes vanilles ainsi que des langues de chat en accompagnement.

La fin du repas toucha à sa fin et Marc décida de monter dans sa chambre pour les laisser tous les deux. Will se rapprocha de Jamie et se mit à l'embrasser et à l'enlacer si tendrement et si naturellement qu'elle se laissa guider par ses sentiments et en fit autant. Elle monta dans sa nouvelle chambre en faisant signe du doigt à Will de la rejoindre. Sans protester, il la suivit et tous les deux firent en sorte de ne pas faire de bruit, même si Marc était grand. Tels deux amants, ils passèrent la nuit l'un contre l'autre et se réveillèrent encore blottis au petit matin.

Jamie appréciait sa nouvelle vie et n'aurait aimé changer de place avec personne.

Chapitre 6

Le petit réveil posé sur le chevet du lit, à côté de Jamie, se mit à sonner à sept heures. La jeune femme s'étira et se dirigea vers la salle de bain où elle prit une douche bien chaude. Will ne fut pas dérangé par la sonnerie. Il continuait de dormir profondément.

Jamie avait beaucoup de travail ce matin, et ne voulait pas être en retard. Ce n'était pas le cas de Will, sa première réunion, avec un de ses clients important, était prévue pour dix heures et demi, cela lui laissait le temps de flâner un peu au lit.

Enfin prête, elle déposa un doux baiser sur son front, sans le réveiller, prit sa veste et partit au bureau. Rien ne semblait perturber son sommeil.

Un appel, pourtant, venait de l'inquiéter. C'était Marc. Il souhaitait la rencontrer, et cela semblait très sérieux. Il lui avait donné rendez-vous près du stade qui se trouvait en face de la piscine où Jamie se rendait régulièrement.

Envahit par une grande curiosité, elle accepta, mais à la condition qu'il vienne dans son bureau vers 13h pendant sa pause déjeuner. Elle pensait sûrement qu'être sur son propre terrain allait lui donner plus d'assurance et de confiance, car elle ignorait totalement ce qu'il voulait lui dire ou lui demander.

La journée de Jamie serait longue. Elle avait trois audiences dans la matinée, toutes plus différentes les unes que les autres.

La première était devant le tribunal pour enfant. Elle représentait les parents de trois jeunes enfants, âgés de deux ans à six ans, qu'une assistante sociale souhaitait retirer du nid familial sous prétexte que les parents semblaient très souvent en désaccords. Elle a jugé bon d'ouvrir une enquête sociale. Après un an d'enquête acharnée au sein de la famille, il ressort que les enfants ne sont en aucune façon mis en danger avec leurs parents. Ils ne représentent aucune menace directe ou indirecte envers leurs enfants. Cette affaire allait être résolue et bouclée très vite se dit-elle. A moins qu'un élément nouveau ne vienne perturber et remettre en cause son dossier.

Sa deuxième audience était devant le tribunal de police. Un conflit de voisinage. Un homme d'origine magrébine s'en prenait à sa cliente, une femme seule française, élevant ses deux enfants en bas âge. Son problème, comprit-elle au cours des médiations et rencontre avec cet homme, ce sont les femmes seules et qui plus est de religion catholique. Il s'en était d'ailleurs pris à deux autres mamans célibataires. Dans ce dossier, pas de coups physiques mais une violence verbale acharnée, accompagnée d'insultes, d'injures et de cracha au visage. Tout cela en présence des deux jeunes enfants de la victime. Il accusait la jeune femme de racisme. Jamie comptait bien lui faire regretter ses actes.

Quant à sa troisième audience, il s'agissait du juge aux affaires familiales. Un couple en instance de divorce se battait pour la garde et la pension alimentaire de leurs enfants. Tous deux avaient une bonne situation financière. Elle allait proposer à ses clients une garde alternée car selon elle, c'est ce que le juge finirait par ordonner. Pour le bien des enfants mais aussi celui des parents qui n'ont failli, ni l'un ni l'autre dans l'éducation des enfants, le choix se devait équitable pour les parents. Il fallait donc qu'elle s'entretienne avec ses clients quelques minutes avant l'audience afin de les orienter vers cette option qui paraissait le plus adapté à leur situation.

Elle ne devait surtout pas être en retard.

Un café vite avalé, elle se rendit au tribunal d'Avranches où, allaient être jugés, ses dossiers. Pour l'après-midi, elle n'avait pas moins de cinq rendez-vous. Une journée ardue songea-t-elle.

Ereintée par cette grosse matinée et enfin de retour au bureau, elle se ravit d'être juste à l'heure pour le rendez-vous fixé le matin avec Marc.

Il arriva à son bureau à tout juste 13h. La secrétaire de Jamie lui annonça qu'un jeune homme attendait mais qu'il n'avait pas pris rendez-vous. Jamie la rassura en lui disant qu'elle était au courant et que justement elle l'attendait. Marc ne se fit pas attendre davantage et entra. Il constata par la même occasion que Jamie avait un très bon goût concernant la décoration.

- Tu as décoré ton bureau seule ou tu as fait appel à une entreprise ? L'interrogea-t-il.

- Non, non, reprit-elle, en ce qui concerne la décoration, je préfère que ce soit fait à mon goût.

Marc scruta tous les coins et recoins du bureau, quand soudain, son regard croisa celui de Jamie et s'y installa. Elle se sentit troublée car sans la dévisager, mais avec insistance, il ancra ses yeux dans les siens. Mal à l'aise, elle répliqua :

- Je pense que tu n'es pas venu pour contempler la déco de mon bureau, mais parce que tu avais quelque chose à me dire. Alors je t'écoute, car comme tu le vois, j'ai une journée vraiment chargée.

Marc prit place sur la chaise qui se trouvait en face d'elle et lui dit calmement en ayant toujours ses yeux dans les siens :

- Jamie, j'ai un aveu à te faire. Depuis le premier jour où je t'ai vu à la maison, j'ai eu envie de toi, et depuis ce jour, je n'arrive plus à contrôler mes sentiments. Tu occupes toutes mes pensées…

Jamie voulait l'interrompre quand Marc se leva et lui dit :

- Non Jamie, s'il te plaît laisse-moi finir de parler sans m'interrompre. Ce que je te disais, c'est que tu occupes toutes mes pensées. Lorsque je m'endors, c'est toi que je vois, et lorsque je me réveille, c'est encore toi. A vrai dire, je t'ai dans la peau. Tu es devenue une véritable obsession pour moi. J'aimerai que tu penses à tout cela et surtout sans vouloir être désagréable, je trouve que mon père est beaucoup trop vieux pour toi. Pour être franc, une jeune femme comme toi n'a rien à faire avec un homme comme mon père. Bien sûr, je ne voudrai en aucun cas lui manquer de respect mais il est bien trop vieux pour toi.

Jamie sentit le feu lui monter aux joues mais elle lutta pour écouter jusqu'au bout ce qu'il avait à lui dire.

- Je suis sûr que je pourrai te rendre heureuse et si tu le veux bien, on pourrait partir très loin, s'enfuir de cette ville…

Là, Jamie en avait assez entendu et répliqua :

- Marc, je ne voudrai ni te vexer, ni être désagréable, mais je trouve que tu as un comportement des plus immatures. Tu penses pouvoir faire mon bonheur, du haut de tes vingt-six ans ? En ce qui me concerne, je trouve que ton père est merveilleux, qu'importe son âge, je me sens bien et heureuse avec lui. Pour moi, c'est la seule chose qui compte. Marc, je n'aimerai pas que tu te méprennes à mon sujet. J'aime vraiment ton père et je te le redis, je me fiche de son âge, et puis il n'a quand même pas quatre-vingt-dix ans que je sache ! Tu parles de lui comme d'un vieillard. Je trouve que c'est un homme bien !

Marc se leva et légèrement se dirigea vers elle. Jamie secouait la tête et voulait conclure la conversation quand soudain il l'empoigna et l'embrassa avec ardeur. Atterrée et sous le choc, elle ne put se débattre. Quelques secondes suffirent le temps de retrouver ses esprits et de comprendre ce qui lui arrivait.

- Mais ! Serais-tu devenu fou ? Cria-t-elle, ne t'avise plus jamais de recommencer ce genre de chose ou je serai contrainte d'en parler à ton père. Tu n'as donc pas honte de lui faire ça ? Marc ressaisit toi et arrête tes enfantillages !

Il l'observa l'air amusé et lui demanda :

- Sois honnête, comment as-tu trouvé ce baiser ? Ce n'était pas celui d'un gamin n'est-ce pas ? Je suis certain que même mon père ne t'a jamais embrassé comme ça ? Dis-moi la vérité, je veux savoir.

Jamie hors d'elle voulait lui répondre quand soudain il lui mit son index devant sa bouche.

- Non, ne répond pas maintenant, attends…

Marc ouvrit la porte du bureau et ramassa un gros bouquet de roses rouges qu'il avait laissé derrière. Il les lui tendit. Elle ouvrit de grands yeux et était très en colère contre lui mais en même temps très étonné. Elle ne savait pas comment réagir, si elle devait le mettre dehors avec ses fleurs ou les lui jeter à la figure.

- Marc je trouve que tu as du toupet, d'abord tu viens dans mon bureau et tu me fais une déclaration d'amour, ensuite tu m'embrasses, puis maintenant les fleurs ! T'es incroyable ! Je n'arrive pas à comprendre ce qui te pousse à faire tout ça ?

- L'amour, c'est uniquement l'amour qui me pousse à agir ainsi mais rassure-toi, je ne suis pas fou enfin seulement fou de toi.

- Je ne veux pas de tes fleurs Marc ! Il est inconcevable pour moi de les accepter, de plus je n'éprouve aucun sentiment pour toi ! Je te le dis et redis, j'aime ton père !

- Oui, pour le moment, enchaîna le jeune garçon, mais d'ici quelque temps, tu changeras d'avis, car je sais qu'on est fait l'un pour l'autre. Avec mon père cela ne durera pas longtemps, tandis qu'avec moi tu sais que c'est pour la vie. Mais au fait, reparlons de ce baiser, sois franche avec moi, tu as aimé ?

Jamie ne savait pas si elle devait hurler ou tout garder au fond d'elle, mais elle se contenta de lui répondre calmement.

- Ton baiser ? Parce que tu appelles ça « un baiser » dit-elle d'un ton moqueur. Je pensais qu'à ton âge on pouvait mieux faire. Sache que si tu me demandes de te donner mon avis, sur une échelle de un à dix je te donnerai sans hésiter un. Tu sais Marc, les femmes aiment les hommes d'expérience, les vrais et, qu'importe l'âge qu'ils ont.

Jamie pointa de l'index la porte du bureau et le pria de sortir de suite et de ne plus revenir. Vexé, Marc tourna les talons et claqua la porte en ayant pris soin de laisser les fleurs où elles étaient.

Linda, un peu curieuse vint voir si tout allait bien, car elle avait entendu des éclats de voix et ne savait pas ce qui en était la cause. Jamie la rassura et lui dit que c'était le fils de Will, qu'ils avaient un léger désaccord mais que ce n'était rien, qu'elle réglerait ce mal entendu en temps voulu. Linda en profita pour lui faire remarquer que le jeune homme était très beau et qu'il lui plaisait. Jamie fut surprise par les remarques de Linda, quand soudain…

- Linda ! Voulez-vous les roses de Marc ? Car si vous ne les prenez pas je vais les mettre à la poubelle. Ne vous faites pas prier, allez prenez-les, et de plus elles iront très bien sûr votre bureau ou chez vous. J'en suis sûr.

Linda regarda les fleurs qui étaient si belles et ne voulait pas les voir orner la poubelle, elle décida de les prendre. Jamie, soulagée s'assied dans son fauteuil et jeta la tête en arrière comme pour faire redescendre ses idées au cerveau et se demandait quelle mouche avait piqué Marc. Elle l'avait trouvé étrange mais surtout très audacieux.

Il avait réussi à la mettre dans une position inconfortable alors qu'elle n'éprouvait absolument rien pour lui. Son cœur et sa nouvelle vie étaient pour Will, son seul amour. Elle avait encore une huitaine de plaidoiries à traiter, mais l'énergie qu'elle avait en arrivant ce matin n'était plus la même. Mal à l'aise, pensive et dans l'incompréhension totale, elle eut du mal à se concentrer comme il l'aurait fallu. La main sur le téléphone, elle voulut appeler Will. Mais était-ce une bonne idée ? Elle n'en savait rien, elle se remettait sans cesse en question. Elle n'imaginait pas qu'il ne le sache pas. Comment lui dire ? Comment allait-elle lui faire comprendre que son fils était amoureux d'elle, qu'il n'était pas heureux pour eux mais plutôt jaloux et envieux de leur amour, prêt à tout faire pour détruire leur bonheur. Elle avait encore beaucoup de mal à concevoir que Marc puisse l'aimer autant. Mais d'après elle, cela ne pouvait pas être un coup de foudre, il s'agissait uniquement d'un bonheur envers une femme qui allait être proche de lui. Sa mère devait beaucoup lui manquer et il ne savait pas comment interpréter ses sentiments. Dans tous les cas, elle se refusait de croire à autre chose. Linda resurgit sans crier gare, un peu sur les nerfs, annonçant à Jamie que cela faisait maintenant plus d'un quart d'heure que son premier rendez-vous attendait. Jamie ne put s'empêcher de pousser un cri, elle lui demanda de le faire entrer dans deux ou trois minutes. Ce que Linda fit. Elle se ressaisit très vite et voulu boucler son travail le plus tôt possible.

* *

*

La fin de l'après-midi arriva enfin et Jamie devait retrouver Will dans un restaurant de la ville pour dîner. Ereintée par cette journée, une soirée hors de la maison n'allait que leur faire du bien. Ils prirent une table qui se trouvait légèrement isolée des autres. La carte des menus entre les mains, ils choisirent de prendre leur temps et de commencer par un apéritif. La sonnerie du portable de Jamie bouleversa un court instant leur tête à tête. C'était Marc. Ne voulant pas attiser la curiosité de Will, elle ne prononça pas son prénom.

- Jamie, c'est Marc, je t'appelle pour savoir si tu as réfléchi à ma proposition. Je sais qu'en ce moment tu dînes avec mon père, mais il est très important pour moi de connaître ta position vis-à-vis de nous. J'ai vraiment besoin de le savoir car comme tu le vois, tu occupes toutes mes pensées. J'ai de plus en plus de mal à me concentrer sur autre chose que toi.

Jamie n'osa pas regarder Will, elle prit un air détaché et dit d'une voix sèche :

- Bon écoutez ! Là je suis en train de dîner, je verrai ce dossier demain, je pense qu'il n'y a pas urgence pour le moment !

Elle voulut raccrocher quand Marc ajouta,

- Non il n'y a pas urgence, mais je t'aime Jamie et j'ai envie de toi, envie de te prendre dans mes bras et te serrer contre moi.

- Je vous remercie et à demain, dit-elle d'une voix tremblante.

La gorge nouée et très embarrassée, elle raccrocha et décida d'éteindre complètement son portable, craignant qu'il ne rappelle à nouveau. Will se demandait ce qui pouvait la tourmenter à ce point.

- Qui était-ce ? Demanda-t-il intrigué par sa réaction.
- Oh… Rien de bien sérieux, juste un dossier sur lequel je travaille depuis un petit moment et, je n'arrive toujours pas à le résoudre. Mais rassure-toi, cela peut attendre une journée ou deux de plus.

Will, satisfait de la réponse, n'en demanda pas davantage.

- Tu me sembles quand même contrariée, dit-il inquiet.
- Contrariée ? Non, il m'en faut plus que ça, mais je n'apprécie pas que l'on me dérange pour le travail pendant l'heure du dîner. Je passe suffisamment de temps au bureau pour régler ce genre d'affaire, tu ne crois pas ?
- Je suis totalement d'accord avec toi et tu as aussi besoin de décompresser de temps en temps.
- Bon, continua-t-elle, assez parlé de mon travail pour ce soir. Je suis là, avec toi, et je compte bien en profiter. Je désire savourer cette soirée jusqu'au bout.

Ravi par cette idée, Will n'émit aucune objection. Elle souriait et semblait s'intéresser à ce qu'il lui disait, mais en fait, elle repensait à l'appel de Marc, à sa venue en début d'après-midi dans son bureau, au baiser, et à tous ses mots tendres à son égard. Elle était troublée et se demandait si elle devait en parler à Will, lui raconter que son fils avait jeté son dévolu sur elle. Mais qu'allait-il penser ? Il parlerait certainement à Marc et celui-ci nierait toute la discussion en la faisant passer pour une affabulatrice. Elle ne voulait pas prendre le risque de le perdre, elle tenait trop à lui. Soudain, elle sentit la main de Will serrer la sienne.

- Tout va bien ma puce ?
- Oui je vais bien. Je me sens si bien avec toi, j'essayais d'imaginer nos futurs déjeuners et dîners ensemble, rien que nous deux. Ajouta la jeune femme.
- Je comprends et je ressens exactement la même chose, il me tarde de passer mes jours prochains avec toi et d'apprendre tous les jours à t'aimer encore plus que la veille. Partager ta vie et te laisser t'installer dans la mienne, est merveilleux. Je t'aime d'un amour si grand…

Une larme coula le long de la joue de Jamie. Elle se demandait pourtant comment allait-elle gérer ce mal entendu avec Marc. Assez forte de caractère, mais aussi très douce et sensible, elle n'aurait aucun mal à lui faire retrouver la raison.

- Je t'aime mon amour, conclu la jeune femme.

Ils finirent le repas et Will paya. Jamie en profita pour lui rappeler que ce ne serait pas toujours lui qui paierait l'addition. Ils formaient un couple et devaient tout partager, même les repas au restaurant. Ceci convenait parfaitement à Will, et pour la faire sourire un peu, il se mit au garde à vous avec la main sur le front en guise de salut et lui dit :

- Bien mon capitaine, c'est vous qui voyez. Je ferai tout ce que vous voudrez.

Un regard, et tous les deux éclatèrent de rire en même temps. Le dîner toucha à sa fin. Ni l'un ni l'autre ne se pressa pour rentrer. Pourtant, il le fallait. Il était déjà très tard, la fatigue et le poids de la journée commençait à se faire ressentir. Will se leva et prit sa bien-aimée par le bras en l'invitant à le suivre. Elle se laissa guider.

Jamie se sentait très mal, elle éprouvait des sentiments partagés entre la haine et la colère mais aussi un profond sentiment d'incompréhension envers ce jeune homme. Elle se demandait surtout comment allait-elle pouvoir lui en parler, car il fallait qu'elle lui dise.

Jamie attendait le lendemain matin avec impatience pour dire à Marc ce qu'elle ressentait exactement.

Chapitre 7

Une nouvelle nuit venait de passer et Jamie se leva d'excellente humeur. Elle avait oublié tous ses tourments de la veille quand, dans la cuisine, elle aperçut Marc qui se servait un café.

- Bonjour Jamie, j'espère que tu as bien dormi ?

Il continuait de la regarder avec insistance.

- Bonjour Marc, surenchérit-elle, j'ai passé une agréable soirée en compagnie de ton père ou une agréable nuit devrais-je dire.

Elle voulait lui faire comprendre qu'il ne devait rien attendre ni espérer d'elle, au contraire il aurait tout intérêt à l'oublier. Marc ne se découragea pas pour autant, on aurait dit qu'il cherchait à la provoquer.

- J'espère que ta journée se passera aussi comme tu le veux, mais pas seulement au travail…
- Je suis sûr qu'elle se passera très bien, je te remercie de t'en inquiéter.

Jamie tourna les talons et alla rejoindre Will qui sortait de la douche.

- Ah ! Te voilà, mon amour, dit-il heureux de la voir. Je pensais que tu étais déjà partie au bureau.
- Non sûrement pas avant de t'avoir volé un ou deux baisers, peut-être même plus qui sait.
- Deux ou plus ? Serais-tu devenu gourmande ? Attention, tu dois savoir qu'après deux, ils sont payants.
- Ne t'inquiète pas, dit-elle, on s'arrangera pour le paiement. Il y a plusieurs façons de régler une dette, me semble-t-il.

Will aimait ce petit jeu et y prenait beaucoup de plaisir. Le sourire aux lèvres, il rétorqua :

- Pour ma part, je préférerai un paiement en nature, je n'accepterai rien d'autre.

Jamie éclata de rire et se sentait très proche de Will mais surtout heureuse.

Agacé par les rires qu'il entendait, Marc sortit de la cuisine et se hâta pour quitter la maison de bonne heure. Will s'habilla et descendit boire son café. Jamie l'accompagna. Ils constatèrent avec surprise que Marc était déjà parti. Ils en profitèrent donc pour se serrer l'un contre l'autre et s'échanger de tendres câlins avant d'aller travailler. Will amusé par sa tendresse, lui fit remarquer qu'il mettrait ses derniers baisers sur sa note de frais. Tout en lui adressant un magnifique sourire, elle prit la route pour le bureau. Il enfila rapidement sa veste et se hâta également. Il attrapa son portable à la hâte et composa le numéro de Jamie. La tonalité se fit entendre, suivie du déclic et elle répondit :

- Oui ?

Ravalant sa salive et sans faire de longues phrases, il dit,

- Je t'aime mon amour, à ce soir.

Il voulut raccrocher quand elle enchaîna,

- A ce soir mon cœur, bisous.

Elle raccrocha et posa son téléphone sur le siège côté passager. A peine posé, il se mit de nouveau à sonner. Le sourire aux lèvres, elle se précipita de décrocher.

- Moi aussi je t'aime mon chéri, désolé de ne pas te l'avoir dit tout à l'heure.

- Ce n'est pas grave, l'essentiel est que tu t'en sois rendu compte maintenant.

Jamie ne reconnut pas tout de suite la voix de Will, quand soudain, une profonde douleur l'envahit comme si on venait de la poignarder en plein cœur, c'était la voix de Marc. Sous le choc et ne sachant pas quoi lui répondre, elle éteignit son portable sans avoir pris la peine de raccrocher et le jeta sur le siège. Le cœur battant à vive allure, elle arrêta la voiture sur le bord de la route, coupa le contact et poussa un soupir si grand, qu'elle aurait pu faire voler tout ce qui l'entourait.

- Mais que me veut-il ? Dit-elle à voix haute en tapant sur son volant. Quel petit con ! Il ne pense quand même pas que je vais quitter son père pour lui !

Elle redémarra la voiture en essayant d'oublier ce qui venait de se passer. Le chemin pour le cabinet, ce matin, lui semblait être plus long que les jours précédents.

Arrivée au bureau, elle remarqua très vite que quelque chose n'allait pas, l'attitude de ses collègues était différente des autres jours. Ils semblaient la regarder avec curiosité ou interrogation.

- Qu'avez-vous à me regarder comme ça ? Lança telle avec un grand sourire.

Personne ne voulait lui répondre et tout le monde se détourna d'elle. Intriguée, Jamie appela Linda et voulait savoir ce qui se passait. La jeune femme hésitait à lui répondre.

Après quelques secondes de réflexion, elle lui confia que Marc, le fils de Will était dans son bureau et qu'il tenait un énorme cadeau entre ses mains. Furieuse, Jamie sortit de ses gonds.

- Non mais ! Il en a du culot celui-là ! Cria-t-elle, sans s'être rendu compte qu'elle criait un peu trop fort. Je commence à en avoir assez de son insistance et de son impertinence. Quand va-t-il me lâcher les baskets et m'oublier une fois pour toute !
- Jamais ! Dis une voix derrière elle.

En se retournant, elle aperçut Marc qui se tenait là, debout, à l'entrée de son bureau, face à elle. Elle voulait exploser de colère mais se retint car tout le monde la regardait.

- Marc ! Dans mon bureau, s'il te plaît ! Lança-t-elle d'un ton autoritaire.

En lui poussant légèrement le bras, elle lui indiquait la direction et ferma violemment la porte sans la claquer.

- Bon, écoute ! Marc, je pense que ce petit jeu a assez duré ! Tu as bien rigolé, maintenant ça suffit ! Je commence à être fatigué de tes avances ! J'aimerai que tu saches qu'elles seront sans suites avec moi ! Je vais te paraître crue mais il le faut. Marc je ne t'aime pas ! Le seul homme que j'aime c'est ton père ! Alors, je te le demande encore une fois, cesse de me harceler comme tu le fais, cela nous évitera bien des désagréments à tous les deux !

- Jamie, intervient Marc, je pense que tous tes mots n'y changeront rien, car je t'aime et je compte bien te faire changer d'avis. Je conçois que pour le moment tu ne m'aimes pas, mais je peux te certifier que tu ne diras pas la même chose dans quelques jours.

Elle jeta un bref coup d'œil sur son bureau et remarqua un énorme paquet joliment emballé. Le souffle coupé, elle s'assied.

- Marc, j'aimerai savoir ce que tu me veux à la fin ? Je suis las de tout cela, ton père est un homme merveilleux et je me demande comment tu peux lui faire une chose pareille, explique-moi.

Marc ne comprenait pas le changement d'humeur de Jamie. Il décida donc de lui expliquer à nouveau ce qui le poussait à agir comme de la sorte. Sans s'énerver, il prit son courage à deux mains et sans cesser de la regarder bien au fond de ses yeux clairs, entreprit la conversation.

- Jamie, mon principal objectif dans la vie, est de fonder une famille, de pouvoir vieillir auprès d'une femme qui m'aime, car comme tu le sais, j'ai grandi sans aucune attache féminine dans ma vie. J'ai vraiment besoin d'être entouré d'une femme qui puisse m'aimer et me donner l'amour que jusqu'à présent je ne connais pas. Je voudrai me sentir combler.

- Donc, si je comprends bien, tu as besoin d'une femme qui serait en même temps la mère que tu n'as pas eue…

- Non, tu ne comprends pas ! Ce que je désire avant tout, c'est une femme qui puisse m'aimer et à qui je donnerai tout mon amour.

- Très bien ! Trouve toi une petite copine de ton âge, une femme. Et ton père ? Tu ne crois pas qu'il souhaite la même chose, qu'il a besoin d'aimer et d'être aimé ?

- Mon père a toujours vécu sans femme…

- Ce qui veut dire qu'il n'en pas besoin, C'est ça ?

- Tu te trompes Jamie, je voulais simplement dire que mon père, à son âge, femme ou pas, cela lui importe peu, il a déjà bien vécu.

- Je trouve ton raisonnement injuste car je pense que comme toi, il aimerait bien aussi avoir une femme à ses côtés. J'ai l'impression que tu te dis que ton père, parce qu'il est ton père, n'a pas le droit au bonheur.

- Jamie, je dis seulement que je t'aime et que tu n'as rien à faire avec mon père, tu es jeune et belle, tu devrais profiter autrement de la vie.
- Marc, j'en ai assez, en ce qui concerne ma vie, c'est avec ton père que je veux la passer, nous avons les mêmes rêves, les mêmes envies et de surcroît, je l'aime, toi non ! Ne me dis pas que tu n'as pas de petites amies au lycée ? Quelqu'un qui t'apprécie ? On ne peut pas forcer une personne à en aimer une autre, ça ne marche pas comme ça.

Marc reçut ces mots si violemment qu'on l'aurait cru foudroyer. Atterré, il quitta le bureau, mais avant de claquer la porte, lui adressa un dernier regard noir et dit :

- Tu sais Jamie, même s'il faut que je me débarrasse de tout le monde, et plus particulièrement des gens qui t'aiment, je le ferai. Je t'aurai pour moi seul, et tu ne seras à personne d'autre. J'éliminerai tous les obstacles sur mon chemin.

La jeune femme prit peur un instant et se dit qu'il était sûrement en colère, qu'il ne pouvait pas être sérieux, surtout concernant son propre père. Elle essayait par tous les moyens de se rassurer, quand sur le bureau, elle aperçut l'énorme paquet. Sans l'ouvrir, elle le prit dans ses bras et le posa sur la poubelle pour que la femme de ménage puisse le jeter.

Linda arriva et prit place en face de Jamie, telle une amie à qui on voudrait se confier.

- Jamie, je sens bien que quelque chose ne va pas et je sais aussi que Marc n'y est pas étranger même si j'ignore totalement ce qui en est la cause. Si jamais vous souhaitez en parler à quelqu'un, je serai toujours là pour vous écouter.
- Linda, vous êtes vraiment gentille, mais croyez-moi, je pense pouvoir régler ce problème seule.
- Vous pensez ? Parce que vous n'en n'êtes pas sûr ?
- Linda, ne vous en faites pas pour moi, je vais régler cela très vite.

La main sous le menton, Jamie poussa un lourd soupir en repensant aux mots de Marc. Elle essayait de ne pas trop y croire, quand soudain, la peur l'envahit de nouveau et elle se mit à fondre en larmes sous les yeux de Linda.

- Jamie, intervient-elle, je crois qu'il faut sérieusement que vous en parliez à quelqu'un, garder tout cela pour vous, n'est vraiment pas bon. Allez ! Cessez de pleurer, je vous écoute, racontez-moi ce qui vous arrive.
- Merci Linda, merci pour votre sollicitude. Voyez-vous, ce qui me dérange le plus avec ce jeune garçon,

c'est qu'il croit être amoureux de moi, alors que je lui ai bien fait comprendre que ce n'était pas réciproque et il le sait. Mais il s'en fiche, il tente vraiment tout ce qu'il peut pour arriver à ses fins. Il commence à me faire très peur car je me rends compte que son amour pour moi prend des proportions qu'il n'arrive plus à contrôler.

- Pourquoi dites-vous cela ?

- Tout simplement parce que les dernières trouvailles de « Monsieur », ont été de me menacer moi et tous les gens qui me sont proches y compris son père. Il veut se débarrasser de tout obstacle m'a-t-il dit. Je suis à bout de nerfs avec lui, je ne sais plus quoi penser mais surtout je n'ose même pas le dire à son père. J'appréhende sa réaction. Vous vous rendez compte Linda, c'est une histoire de fou qui m'arrive. Voilà, maintenant que vous connaissez la cause de mes tourments, j'aimerai avoir votre avis.

- Jamie, je ne vais pas y aller par quatre chemins, je pense qu'il ne faut pas cacher ce qui vous arrive à Will, il doit savoir comment est son fils. Vous lui devez la vérité, au moins faites-le avant qu'il ne l'apprenne autrement.

- Que voulez-vous dire ?

- Vous avez pensé à Marc ? Il pourrait très bien aller voir son père et lui dire que vous lui faites des avances et qu'il ne les supporte plus. Que direz-vous à Will ? Que son fils ment et que c'est lui qui vous fait des avances ? Vous croira-t-il ?
- Vu sous cet angle, vous avez entièrement raison, je n'avais pas pensé à ça. Mais je vous rassure, marc n'ira pas voir son père pour lui raconter des mensonges car je l'ai prévenu et assez fermement, que j'étais à deux doigts de lui en parler. Je pense très honnêtement qu'il n'en fera rien, ce que je crains par-dessus tout c'est qu'il mette ses menaces à exécution. Rien que pour ça, je dois faire tout ce que je peux pour empêcher le pire. Linda, vous avez raison sur un point, je ne peux plus rester sans rien faire, il faut que je trouve une solution à ce problème.
- Oui, mais comment ?
- Vous verrez Linda, je trouverai…

* *
*

Jamie avait compris, lors de sa discussion avec sa secrétaire, qu'il fallait qu'elle agisse et vite. Elle voulait faire les choses correctement, sans se tromper. A chaque fois que Marc lui rendrait visite, elle se munirait d'un petit magnéto et enregistrerait discrètement la conversation. Ainsi, elle aurait des preuves à fournir en cas de besoin. Elle en profiterait aussi pour mettre son téléphone portable sur écoute, afin de surveiller ses conversations. Elle voulait éviter le pire et pouvoir prévenir s'il y avait un réel danger. Son principal but était surtout de protéger les gens qui l'entouraient, de manière à ne prendre aucun risque.

Elle passa quelques coups de fil et contacta certaines de ses relations afin d'élaborer un plan de surveillance. Une fois que tout semblait prêt, il fallait trouver le bon moment pour placer le mouchard dans le téléphone de Marc. Tous les petits détails mis au point, il ne lui restait plus qu'à attendre le bon moment et surtout trouver le téléphone du jeune garçon sans éveiller de soupçons. Le mouchard était minuscule, elle devait le faire glisser sous la puce qui reliait la batterie. Elle n'en n'avait pas pour longtemps, mais comment allait-elle s'y prendre pour l'installer.

Linda avait quitté le bureau de la jeune femme depuis un petit moment, elle ne s'en était pas rendu compte. Absorbée par la façon de piéger Marc, elle ne semblait s'intéresser à rien d'autre. Ce matin-là, elle n'avait pas le cœur à travailler, elle préféra se concentrer sur l'achat du magnéto et du dispositif d'écoute. Elle décida donc de partir du bureau sans se justifier auprès de ses collègues. Elle avait pris soin d'annuler au préalable tous ses rendez-vous de la journée.

Inquiète, sa secrétaire voulait savoir pourquoi elle s'absentait si précipitamment, mais Jamie fit mine de ne rien entendre. Elle esquissa un léger sourire et ferma la porte derrière elle. Dehors, elle poussa un lourd soupir comme pour se libérer de tout ce qui pesait sur elle. Elle partit à la recherche du magnéto le plus petit qu'il puisse exister ainsi que d'un mouchard. C'est Roberto, une de ses connaissances, qui les lui a fournis. Elle les essaya avant d'être confrontée réellement à Marc. Elle avait enfin la panoplie du vrai détective. La question qu'elle se posait, était de savoir à quel moment elle mettrait le mouchard dans son portable. Son ami lui avait expliqué comment l'insérer et dans quel sens elle devait le glisser. Inquiète mais satisfaite, elle rentra. Il était à peine midi et personne dans la maison. Jamie décida de se préparer quelque chose à déjeuner, quand la porte d'entrée s'ouvrit. Elle crut que Will rentrait déjeuner également mais fut très déçue en apercevant Marc devant elle. Il était d'humeur exécrable et tout semblait l'énerver. Sur le sofa, il jeta son sac à dos ainsi que quelques bouquins qu'il tenait dans les mains. Le téléphone de Marc sonna et nerveusement il décrocha.

- Vous avez tout ce que je vous ai demandé ? Très bien je serai là dans une heure environ, dit-il.

Il mit son portable dans son sac et dit à Jamie, d'un ton sec et froid, qu'il ne souhaitait pas être dérangé, qu'il montait se doucher et qu'elle prévienne son père qu'il ne rentrerait pas ce soir.

C'était le moment idéal pour qu'elle place le mouchard dans son téléphone. Elle attendait qu'il soit sous la douche et en quelques secondes, c'était fait. Elle installa également de nouvelles piles dans son petit magnéto et fut fin prête.

Après une vingtaine de minutes, il redescendit, empoigna son sac et partit sans dire un mot. Elle ne comprenait pas le petit jeu auquel il jouait. Elle paraissait de plus en plus soucieuse et attendait le retour de Will avec impatience. Pourtant, une question hantait encore son esprit. Comment allait-elle lui dire qu'elle surveillait son fils mais surtout, comment allait-il le prendre ? Il serait certainement très en colère et ce jour-là, elle le redoutait. Elle décida de lui passer un petit coup de fil, juste pour avoir des nouvelles et lui dire de nouveau combien elle l'aimait et combien elle était folle de lui. A peine eut-elle le temps de composer le numéro que son téléphone sonna. A croire que Will lisait dans ses pensées.

Il voulait, lui aussi savoir si elle allait bien et où elle se trouvait. Le cœur serré, elle n'eût pas le courage de lui avouer maintenant qu'elle surveillait les faits et gestes de son fils. Elle se contenta juste d'être heureuse de l'entendre. Elle souhaitait qu'il rentre tôt et lui apprit également qu'elle avait vu Marc et que ce soir ils allaient être seulement deux dans la maison. Will parut enchanté et pressé d'y être.

La soirée se passa le plus agréablement possible et, près de la cheminée, ils finirent de dîner. Elle ne pouvait s'empêcher de se demander ce que pouvait faire Marc et où il passait la nuit. Elle avait tout simplement peur.

Chapitre 8

Une semaine bien longue pour Jamie venait de s'écouler. Dans sa chambre, Marc préparait ses valises. Surprit, Will l'interrogea.

- Tu ne vas quand même pas déménager ? Rassure-moi, tu sais on est très heureux de t'avoir avec nous.

- Non 'Pa, ne t'affole pas, je ne pars pas définitivement, je prends juste un peu de vacances, et je pense que vous avez besoin de rester tous les deux, sans chaperon.

- Je suis très surpris, tu n'es jamais parti seul même en vacances, nous sommes toujours restés ensemble. De plus mon fils, j'ai remarqué que ces jours-ci, quelque chose te tracassait. Je voulais trouver un moment pour t'en parler, et là, je pense que l'instant est bien choisi, non ? Alors dis-moi, que t'arrive-t-il ? Est-ce qu'il se passe quelque chose que tu voudrais me dire, une confidence à me faire, ou encore une fille dont tu es amoureux ? J'aimerai vraiment qu'on puisse se parler comme avant.

- En effet, il y a une fille dans ma vie ou plutôt, devrais-je dire une femme.

- C'est bien, je suis vraiment content pour toi. Mais pourquoi tu ne l'invites pas à la maison, j'aimerai la connaître. Dis-moi, elle est comment ?

- Tu sais c'est une très jolie femme, elle est plus âgée que moi elle a à peu près la trentaine, elle est assez grande, environ 1m70 et de beaux cheveux ondulés. Le genre de femme qui ne laisse pas indifférent. Je suis éperdument fou d'elle et je ferai tout pour le lui faire comprendre. D'ailleurs je prends un peu de distance pour cette raison, j'ai besoin de réfléchir à la façon dont je vais pouvoir passer tout mon temps avec elle et aussi conquérir son cœur car pour le moment elle n'est pas libre.

- A t'entendre, j'ai l'impression que tu me décris ta future belle-mère. Mais quand tu dis qu'elle n'est pas libre, tu veux dire qu'il y a quelqu'un dans sa vie, un homme ? Un enfant ?

- Oui, il y a bien un homme, pour l'instant, mais je compte bien lui faire comprendre que je serai le seul homme dans sa vie. Quoi qu'il arrive, nous serons ensemble tous les deux, car pour le moment elle pense qu'elle l'aime mais en fait c'est juste une sorte de pitié envers lui ou plutôt de la compassion par rapport à son âge.

- Tu veux dire qu'il est vieux ?
- Non je ne dirais pas vieux, mais il a un âge bien avancé. Ce qui ne lui donne aucun avantage.

Will avait de plus en plus l'impression que son fils parlait de Jamie et de lui, mais il se persuada rapidement que cela ne pouvait être possible car Marc n'avait pas reçu ce genre d'éducation. Malgré tout, il le contempla d'un air étrange et mystérieux. Il avait la sensation d'être en face d'un parfait inconnu.

- Tu sais Marc, on ne peut pas obliger quelqu'un à nous aimer. Je pense que chacun est libre de faire ses choix, surtout en amour. Il faut parfois accepter le fait qu'une personne que l'on aime à la folie ne nous aime pas.

Marc resta sourd et indifférent au discours de son père. Il empoigna son sac et sa valise tout en regardant par la fenêtre. Lorsqu'il aperçut le taxi s'avancer devant la porte, il leur adressa un léger sourire et dit :

- Bon ! Ça y est, je vais devoir vous laisser tous les deux, mon taxi est en bas.

Will aida son fils à descendre ses bagages et fut très surpris lorsqu'il regarda Marc dans les yeux. Il semblait triste comme s'il ne voulait plus partir.

- Qu'y a-t-il mon fils ? Que se passe-t-il ? J'ai l'impression que quelque chose ne va pas, t'as plus envie de partir ?
- Non, ce n'est pas ça, mais… C'est la première fois et je me sens mal tout à coup.
- C'est tout à fait normal, je ressens la même chose que toi, le pire c'est que tu pars seul et je sais que ce n'est pas facile. Tu aurais dû demander à ton amie de t'accompagner, le voyage aurait été moins long et je pense plus attrayant.
- Elle ne pouvait pas, mais ce n'est pas faute d'avoir essayé, dit-il en regardant Jamie.
- Oui, je comprends, c'est parce qu'elle n'est pas seule. Mais si je peux te donner un p'tit conseil, accroche-toi à tes ambitions car lorsque tu désires quelque chose, tu finis toujours par l'obtenir et cela depuis que tu es tout petit. Je t'aime mon fils, amuse-toi bien et surtout profite bien de tes vacances.

Il embrassa chaleureusement son père et s'approcha de Jamie pour lui dire au revoir. Will s'éloigna pour installer les bagages dans le coffre du taxi et Marc en profita pour glisser au creux de son oreille :

- Tu vois, j'ai toujours ce que je veux, et je t'aurai, car toi, je te désire plus que tout. Personne ne t'aime comme je t'aime, même pas mon père.

Il posa un baiser si tendre sur sa joue et un autre sur le coin de sa lèvre, si bien que la jeune femme fut bouleversée. Les jambes molles, elle posa sa main sur la barrière en espérant se retenir mais surtout en essayant de dissimuler son mal être.

Will s'approcha et se colla tendrement derrière elle, les bras autour de sa taille, il lui fit de langoureux baisers dans le cou. Jamie semblait distante, sa seule préoccupation était de voir Marc partir très vite et surtout le plus loin possible. *Devait-elle en parler à Will* ? *Comment et quand le ferait-elle* ? Toutes ces mêmes questions qui revenaient encore et toujours. Avant de fermer la portière de la voiture, Marc dit à son père :

- Ne t'inquiète pas, je passerai d'excellentes vacances et je compte bien suivre ton conseil à la lettre.

Il referma la portière et le taxi s'éloigna doucement dans l'allée. Tous les deux, d'un geste de la main lui dirent au revoir.

- Je te sens un peu songeuse, j'ai l'impression que son départ te rend triste. Mais ne t'inquiète pas, il va revenir très vite. Ce ne sont que des vacances, il ne part pas définitivement tu sais.

Jamie aurait bien voulu qu'il parte et qu'il ne revienne jamais, mais elle devait cacher l'amertume qu'elle éprouvait envers lui. Elle décida donc d'entrer dans le jeu de Will.

- Je sais bien, mais je n'ai jamais aimé les au revoir, je suis toujours un peu triste dans ce genre de situation.

Will la serra encore plus fort contre lui et cherchait, la tête sur son épaule, sa bouche. Il l'embrassa passionnément, et explorait l'univers de sa bouche avec sa langue. Elle n'arrivait plus à penser à Marc. Était-ce cela le remède miracle, se dit-elle pour ne plus penser à lui. Pour le moment, elle appréciait agréablement cet instant et mit tout en œuvre pour qu'il se prolonge.

Une fois rentrés à la maison, Jamie décida de repartir travailler, car Will avait encore deux clients à visiter. Une fierté assez grande pouvait déjà se lire sur le visage de la jeune femme. Elle était fin prête pour ses premières leçons d'espionnage, ou plutôt pour découvrir enfin la vérité sur ce que Marc mijotait en secret.

* *

*

Le couple flottait sur un petit nuage et même si l'absence de Marc se faisait ressentir de temps à autre, leur bonheur était sans pareil.

Arrivée au bureau, elle consulta son ordinateur afin de scruter les communications téléphoniques du jeune homme. Elle s'aperçut qu'un numéro revenait plusieurs fois, aussi bien en émission qu'en réception d'appels. Elle fit un point sur l'état des communications et remarqua très vite que ce même numéro apparaissait de jour comme de nuit. Jamie ne voulait pas et surtout ne pouvait pas en rester là.

Après avoir obtenu un mandat en usant de son charme naturel auprès du juge, elle l'envoya à l'opérateur téléphonique afin d'obtenir le contenu des appels car le mouchard qu'elle avait installé ne lui donnait accès qu'à une liste de numéros et non aux conversations. Les opérateurs de téléphonie peuvent, eux, communiquer ce genre d'informations.

Moins de deux heures après l'envoi du fax, Jamie reçut une liste détaillée sur la période qu'elle avait mentionnée. L'opérateur lui envoya un fax contenant une trentaine de pages.

Curieuse elle s'intéressa à l'une des lignes prise au hasard dans la liste et lu le détail de la conversation. Elle ne parvenait pas à savoir de quoi il parlait, on aurait dit que les mots étaient codés. Seuls Marc et son interlocuteur se comprenaient. Il n'y avait jamais aucun détail, ni sur les lieux, les dates ou encore les événements. Toujours des allusions et des phrases mystérieuses.

Jamie décida d'en lire une autre puis une autre. Toutes semblaient identiques, sans informations aucunes. Subitement, elle prit peur, elle paraissait très angoissée. Elle engagea un détective privé pour le suivre en Italie et voir ce à quoi il occupait ses journées. Elle n'aimait pas cela car elle avait l'impression de trahir Will. Agir à son insu, n'était pas ce qu'elle souhaitait, mais elle se devait de savoir ce qu'il préparait car, sans vouloir se l'avouer réellement, elle sentait le danger planer au-dessus d'elle. Elle se trompait sans doute mais son intuition lui disait d'aller plus loin et de continuer son enquête.

L'arrivée de M. Stills, le détective, fut très rapide et la jeune femme avait pris le plus grand soin de lui expliquer dans les moindres détails, le déroulement des faits ainsi que le comportement de Marc envers elle. Elle lui avait également décrit l'insistance de ses avances et les menaces dites à son encontre. Trapu, presque chauve avec de grosses lunettes rondes qui lui donnaient un air strict, M. Stills était un petit bonhomme vêtu d'un costume à larges carreaux gris et blancs. Il prit place dans le fauteuil rouge près du bureau de Jamie et sortit un bloc-notes et son crayon de sa mallette. Il commença à griffonner quelques mots mais Jamie ne se laissa pas distraire et continuait de parler. M. Stills trouva très bien ce qu'elle avait fait pour surveiller son téléphone et souhaitait lire quelques conversations entre les deux hommes. Il mâchouillait son crayon dans le coin de la bouche à mesure que les lignes défilaient. Il se leva et dit à Jamie :

- Je pense que j'en ai assez lu pour aujourd'hui. Cela ne me paraît pas inquiétant mais je vais me rendre en Italie, vous allez me donner le nom de son hôtel et je vais vous recontacter dans... Environ une à deux semaines, le temps de faire le point sur ses habitudes, mais également sur ses amis, les gens qu'il rencontre où les endroits dans lesquels il se rend. N'allons pas trop vite en besogne et attendons de voir, avant toute précipitation, s'il y a danger ou pas.

Jamie se sentait en partie rassurée car il n'avait pas refusé de s'occuper d'elle, au contraire, il s'était empressé de commencer son travail. Elle avait pris soin de noter sur une feuille tous les renseignements utiles concernant l'endroit où se trouvait Marc, ou du moins, celui où il était censé se trouver.

L'hôtel Florence situé à dix minutes en voiture de l'aéroport était en fait un ancien palais récemment rénové. Juste à côté de la station « Loreto », il permettait de joindre assez facilement, et en peu de temps, le centre de Milan et la place du Dôme. Elle rajouta aussi le numéro de téléphone.

- Il faudra vous méfier quand même ajouta-t-elle sans lever le nez de sa feuille, cet hôtel n'a qu'une trentaine de chambres et à cette période de l'année, je ne sais pas si vous allez en trouver une. J'espère vraiment qu'il ne sera pas complet.
- Je l'espère aussi. Mais s'il n'y en n'avait pas, je me verrai contraint d'aller à l'hôtel voisin, ne vous inquiétez pas j'ai l'habitude de ce genre de situation.

Jamie releva enfin la tête et aperçu une lueur étrange sur le visage de M. Stills, comme une expression d'impatience ou d'angoisse vers l'inconnu.

- Vous me paraissez inquiet, dit-elle. Qu'y a-t-il ? C'est la première fois que vous faites ce genre de chose, je veux dire vous rendre sur place pour espionner quelqu'un ? Vous me semblez soucieux.
- Inquiet ? Soucieux ? Vous voulez rire je suppose ? Surenchérit le détective. Ne vous en faites surtout pas pour moi, et sachez que je n'en suis pas à ma première affaire, je pensais et réfléchissais à la manière dont j'allais pouvoir aborder la situation, rien de plus.

Le détective prit ses affaires et d'une poignée de main chaleureuse, salua Jamie en lui souhaitant bon courage. Elle le raccompagna jusqu'à la porte de son bureau en lui demandant de la recontacter au plus tôt.

- Promis ! dit-il, et à bientôt.

Il partit en direction de l'ascenseur. Elle referma la porte et resta adossée un instant contre elle, la tête dans les nuages. Ses pensées vagabondaient. Elle ne trouvait plus le courage de reprendre son travail. Sa concentration et son attention n'y étaient plus. Jamie aurait aimé prendre congé, s'accorder un break, le temps de faire le point sur tout ce qui lui arrivait. Une pensée pourtant obscure vint hanter son esprit.

Sa rupture avec Peter. Elle s'en souvenait très bien, sa façon qu'il avait de la rendre folle de lui, et l'expression de ses sentiments envers elle. Elle sentait son cœur battre encore à cent à l'heure. Peter était un jeune homme très beau, le regard ténébreux et un visage si doux qu'il inspirait confiance et amour. Toutes femmes s'y seraient laissé prendre. Tout bien reconsidéré, elle se demandait comment elle avait fait pour ne pas s'apercevoir de son petit jeu. Six années de perdues, se hasarda-t-elle à penser. Des années volées. Maintenant elle devait affronter un autre problème, un amour qu'elle ne partageait pas et qui risquait de se transformer en une haine destructive. L'inquiétude l'envahit.

Linda entra brusquement dans son bureau avec le parapheur en main.

- Jamie, dit-elle, j'ai besoin de quelques autographes.

Elle semblait être à mille lieux de là et n'avait pas entendu ce que Linda disait mais elle sortit de sa torpeur.

- Oui Linda ? fit-elle en sursautant. Que voulez-vous ?
- Mais, je viens à peine de vous le dire, ajouta cette dernière, j'ai besoin de quelques signatures.

Jamie n'avait pas réagi, elle paraissait encore très loin.

- Excusez-moi Linda, j'ai un peu de mal à me concentrer aujourd'hui.
- En effet, je m'en suis rendu compte, qu'y a-t-il Jamie ? Vous avez des soucis ? Cela concerne l'homme qui est sorti de votre bureau tout à l'heure ? C'était qui ?
- Non Linda, je n'ai aucun souci, ne vous en faites pas.
- Je suis sûre que si, dit-elle avec insistance. Et je pense qu'ils concernent Marc, le fis de votre ami. Allez ! Dites-moi que j'ai tort ?

Jamie ne savait plus que penser, Linda l'avait percé à jour. *Devait-elle avouer ou jouer l'ignorante ?* Après tout elle ne s'en sortait pas trop mal toute seule, se rassura-t-elle.

- Linda, vous êtes vraiment une amie sur qui on peut compter, mais voyez-vous, il y a des choses que je ne veux pas forcément partager. Non pas parce que c'est vous, mais, tout simplement parce que j'ai beaucoup de mal à l'accepter. Vous me comprenez ?

- Bien sûr Jamie, je comprends, mais comme j'ai déjà dû vous le dire, si vraiment vous avez envie de parler, n'hésitez surtout pas, sachez que je serai toujours là pour vous écouter. Vous ne m'avez pas répondu, insista-t-elle, qui était cet homme ? Il n'était pas inscrit dans votre agenda.

- Ma secrétaire serait-elle devenue curieuse ? Dit-elle en essayant d'éluder le sujet.

Mais lorsqu'elle croisa le regard de Linda, elle sentit de la compassion, et avait très envie de se confier car ce secret devenait de plus en plus lourd à porter sur les épaules d'une seule personne. Elle savait que Linda était digne de confiance et elle aurait sûrement besoin de son soutien dans les jours à venir.

- Il s'agit d'un détective privé que j'ai engagé pour espionner Marc, se surprit-elle à avouer. Linda, j'ai peur de ce qu'il pourrait faire, aussi bien à son père qu'à moi. En fait, je ne pense pas qu'il m'aime vraiment. Il éprouve de la haine envers moi, c'est comme ça que je le ressens.

- Mais comment ça ? Pourtant à en voir les cadeaux…
- Cela ne suffit pas pour dire qu'on est amoureux, vous ne trouvez pas ?
- En effet, vous avez pleinement raison, mais si je peux me permettre, que ressentez-vous pour lui ?
- Le problème est justement là, je vais être honnête avec vous, c'est un garçon que je n'apprécie pas. Mais il y a quand même ces sensations qui se produisent lorsqu'il m'embrasse.
- Que voulez-vous dire, que se passe-t-il ?
- Les jambes molles tout d'abord, puis ce vertige…
- Jamie, rassurez-vous, c'est normal et cela prouve que vous êtes une femme et qui plus est sensible. Mais vous ne m'aviez pas dit que vous ressortiez d'une longue aventure avec un homme qui a connu une fin insupportable pour vous.
- Oui, en effet.
- Alors ne vous torturez plus, c'est tout à fait normal ce qui se produit, c'est juste l'attirance inévitable de deux aimants qui ont un pôle différent, vous

comprenez, cela ne veut en aucun cas dire que vous l'aimez. Vous êtes simplement très sensible, de par votre expérience douloureuse, à toute marque d'affection quelle qu'elle soit.

- Vous trouvez ça normal vous, de ressentir ces choses alors qu'il est plus jeune que moi ? On dirait qu'il prend possession de mon être même si je fais tout pour le repousser.
- Oui tout à fait. Mais dites-moi, sans vouloir paraître curieuse, vous ressentez quoi envers Will ? C'est la même chose ou c'est bien c'est plus fort ?
- Il est évident que c'est encore plus fort, ce n'est pas du tout pareil !
- Alors arrêter de vous torturer comme ça, dites-vous que c'est tout à fait normal.
- Merci Linda. Vous venez de me rassurer et me faire prendre conscience de ce que je ne voulais pas envisager. Je suis humaine.

Jamie sourit de bon cœur en regardant sa secrétaire tendrement, elle savait qu'elle avait de la chance d'être tombé sur une personne aussi gentille qu'elle.

- Posez le parapheur sur mon bureau, je vous le rapporterai après l'avoir signé, dit Jamie en lui adressant un petit clin d'œil.

Chapitre 9

Will s'était occupé du dîner, et comme la première fois, il souhaitait que sa bien-aimée s'en souvienne à jamais. Son téléphone sonna et interrompit la préparation. Jamie voulait savoir s'il était déjà rentré, car elle avait pris un peu de retard dans son travail et ne voulait pas l'inquiéter. Elle pensait rester au bureau encore une heure ou deux. Il fut surpris de son appel, mais aussi très flatté car il n'avait pas pour habitude que l'on s'inquiète pour lui et que l'on fasse attention à ce qu'il pouvait ressentir dans ce genre de circonstances. Il était resté si longtemps sans femme, qu'il comptait bien savourer chaque instant passé auprès de celle qui vivait maintenant à ses côtés. Il n'avait pas l'intention de se morfondre ou encore d'alerter les secours dès qu'elle serait un peu en retard. Il savait très bien que son travail impliquait un investissement personnel, tout comme celui de commercial se dit-il.

- Ne t'inquiète pas ma chérie, avoua-t-il, tu peux rester aussi longtemps que tu en as besoin. Je t'attendrai pour dîner.
- Tu es un amour, Monsieur Beckett. C'est pour cela que je t'aime tant, tu sais.

Jamie lui fit un tendre baiser par téléphone et, avant de raccrocher, contempla sa bague qui ornait si joliment son doigt. Le cadeau de l'homme qu'elle aimait plus que tout.

Will savait qu'il avait maintenant tout le temps nécessaire pour finir la préparation du dîner.

Linda avait déjà quitté le bureau depuis fort longtemps ce qui laissait à Jamie de pouvoir enfin se concentrer sur son travail.

Le client, pour qui elle devait plaider la cause, était un jeune homme victime d'un coup monté. Très jeune certes, mais aussi très naïf. Il venait de faire l'acquisition d'un véhicule volé, acheté à un particulier. Jamie devait prouver l'innocence de son client, car aux yeux de la justice, il devenait le voleur présumé de ce véhicule qui désormais lui appartenait. Le regard rivé sur chaque note prise pendant l'interrogatoire, elle avait du mal à croire qu'il était coupable. Elle en était même persuadée. Il ne lui restait plus qu'à le prouver.

Une enquête a été menée mais n'a pas permise de remonter la trace du vendeur. Sur le certificat de cession de véhicule, l'homme a prit soin de noter un faux nom. L'acheteur n'a pas vérifié son identité.

L'enquêteur de la police judiciaire a pu remonter jusqu'au précédent nom et, en vérifiant le certificat de cession, le même nom y figurait. Aucune autre piste concrète ne s'offrait pour le moment.

L'enquêteur a demandé au jeune acheteur de les aider à réaliser un portrait-robot ainsi qu'au précédent vendeur. L'homme apparaît identique sur les deux portraits mais n'est pas fiché dans la base des photos.

Jamie savait que le jeune homme ne serait pas inquiété et qu'il s'en sortirait avec un rappel à la loi et l'obligation de vérifier les identités avant l'achat d'un véhicule.

D'un geste net et précis, elle referma le dossier. Un claquement de porte sourd et très violent se fit entendre. La jeune femme tressaillit. Tout en scrutant les alentours, son cœur battait à toute allure. La peur au ventre, elle se leva, observa les couloirs et ne vit rien ni personne. Pas âme qui vive. Jamie pensait que c'était sûrement le vent ou encore une porte mal fermée. Elle préférait se rassurer comme elle pouvait. Et si Marc était revenu ? S'il voulait s'en prendre à elle, là, tout de suite ? Songeait-elle. Elle avait très peur, mais se persuada du contraire. Marc était bel et bien en Italie, et sûrement pas ici.

Tournant le dos à la porte, elle allait s'asseoir, quand, un vent glacial lui traversa le corps. Un frisson d'angoisse et de peur mélangé venait de la paralyser sur place. Elle sentit un souffle près de son cou. Son cœur battait si fort qu'on aurait cru qu'il voulait sortir de sa poitrine.

- Bonsoir mon amour, dit une voix douce près de son oreille.

Jamie sursauta et se retourna brusquement en poussant un cri.

- Tu m'as fait une de ces peurs ! Dit-elle en pressant sa poitrine avec ses mains. Tu aurais dû me prévenir que tu viendrais, j'aurais…

- Je voulais te faire une surprise. Comme il est tard, et que j'avais très faim, je n'ai pas pu résister à l'envie de dîner avec toi. J'ai supposé que tu mourrais de faim toi aussi.

- C'est très gentil de ta part, en effet, j'ai une faim de loup.

Will installa une nappe sur le sol, où ils prirent place tous les deux. Il avait même pensé à prendre du champagne et deux jolies flûtes. Elle reprit doucement ses esprits et un magnifique sourire pouvait se lire sur son visage. Sans vouloir lui dire réellement, elle appréciait agréablement ce moment surtout en sa compagnie, et ce soir, elle en avait particulièrement besoin.

- Viens ! Approche-toi un peu de moi, dit-il en la regardant tendrement.

Jamie s'exécuta. Elle se décala légèrement vers cet homme extraordinaire, et au creux de son épaule se réfugia. Elle pouvait y sentir à la fois force et sécurité. Elle affectionnait ce sentiment de bien-être. Will passa son bras autour d'elle et ils mangèrent l'un contre l'autre.

- Veux-tu encore un peu de champagne mon amour ? Murmura-t-il.

- Non je te remercie, si je veux rentrer en un seul morceau, je dois m'arrêter là.

- Tu as totalement raison, reprit-il, nous avons tous les deux une voiture à ramener en bon état. Nous allons garder le reste pour tout à l'heure, devant la cheminée.

Jamie hocha la tête comme pour conclure la conversation. Elle se cala encore mieux contre lui et cherchait la chaleur que son corps dégageait.

- Au fait, je ne t'ai même pas demandé si tu as terminé de résoudre l'affaire dont tu m'as parlé ? Demanda-t-il, en lui passant tendrement la main dans les cheveux.

- Ce gamin me fait de la peine et je suis certaine qu'il n'est pas coupable du vol de cette voiture. Mais pour le moment, je ne possède pas toutes les cartes en mains. Il me manque encore la clé de ce problème et je compte bien la trouver. Une fois que la police aura mis la main sur le vendeur et une fois en possession de son casier judiciaire, je suis sûr que mon client sortira sans blessures apparentes de cette histoire…

Will était très attentif à la moindre parole que prononçait sa future femme, car elle ne lui parlait jamais aussi clairement de son travail, elle restait toujours vague, imprécise et ne donnait jamais de détails sur les clients dont elle s'occupait.

- Mais au fait, dit-elle en brisant le charme, je pense que tu n'es pas là pour que je t'ennuie avec mon travail. Nous avons un très bon dîner à terminer.

Elle avala une énorme bouchée. Les joues rondes et gonflées de nourriture, elle tourna la tête vers Will et ils pouffèrent de rire.

- Oh ! Mais il est tard, remarquait-elle en fixant l'horloge qui se trouvait sur le mur près de la fenêtre. Je pense que nous devrions rentrer.

Avec regret, il dodelina de la tête en faisant la moue, tel un jeune enfant pris sur le fait d'une bêtise. Au fond de lui, il savait que Jamie avait apprécié de lui parler de son travail et qu'elle le ferait encore.

- Tu as raison il est temps de rentrer mon amour.
- Oui, et puis nous serons beaucoup mieux chez nous.

- C'est certain, parfaite déduction « Maître », dit-il en la regardant dans les yeux.

Un nouvel éclat de rire commun et synchronisé fit écho dans le bureau et jusqu'à l'autre bout du couloir. Chacun prit donc sa voiture et Will préférait la suivre car il faisait ce soir, une nuit noire.

Comme prévu, ils finirent de boire leur champagne devant un fabuleux feu de cheminée qu'il avait pris soin d'allumer avant d'aller la rejoindre. Toujours blottie contre lui, elle passait un moment intense et n'avait pas eu le temps de penser à autre chose que d'être bien avec et contre cet homme plein de tendresse et d'amour envers elle.

* *
*

La nuit fut très courte pour tous les deux mais restait encore une fois magique à leurs yeux.

Ce matin, avant de se rendre au bureau, elle décidait d'aller faire quelques longueurs à la piscine, car il y avait bien longtemps qu'elle n'y était plus allée.

Linda avait noté sur un post-it les coordonnées de M. Stills en Italie. Il souhaitait que Jamie le rappelle au plus tôt. La jeune femme arriva en fin de matinée et aperçue le post-it. Sans se poser la moindre question elle composa directement le numéro qui était inscrit dessus. Elle n'avait pas pris la peine d'enlever sa veste et, tout en écoutant la tonalité, elle dut lutter avec le fil du combiné. On pouvait apercevoir de grands gestes à travers la vitre du bureau, comme ci elle se battait avec une force invisible, quand une voix féminine se fit entendre à l'autre bout du fil.

- Hôtel Florence, bonjour !
- Bonjour, intervient Jamie. Pourriez-vous me passer la chambre de M. Stills s'il vous plaît.

Pas de réponse, une autre tonalité suivie d'un déclic.

- Monsieur Still j'écoute !
- Monsieur Stills, c'est Mademoiselle Baxton, Jamie Baxton.
- Ah ! Jamie, j'attendais votre appel. Vous allez bien ?
- Je vais bien merci. Dites-moi ce qui se passe ?

Soudain la voix du détective s'assombrit et devint éraillée.

- Pas d'affolement, je voulais simplement vous dresser un bilan hebdomadaire.

Un profond soupir s'échappa de la jeune femme. Impatiente, elle ne put se retenir de lui demander.

- Alors ! Dites-moi, qu'en est-il ? Que fait-il ? A quoi occupe-t-il ses journées ? Vous avez pu le voir, l'apercevoir ? …

Jamie ne s'arrêtait plus, une foule de questions voulait encore sortir de sa bouche quand, stoppée dans son élan M. Stills lui dit :

- Vous avez fini ? Je peux en placer une ? Normalement, conclut-il, c'est moi qui suis supposé vous faire un rapport et non me faire harceler de questions.

- Je suis vraiment désolée mais ça fait plusieurs jours que je n'ai pas de nouvelles et je m'inquiète quand même un peu. Alors ? Cette semaine ?

M. Stills ne voulait pas l'inquiéter davantage, aucune nouvelle fraîche pour le moment, mis à part l'étude comportementale du jeune homme. Il lui expliqua tout d'abord que Marc était un jeune garçon assez solitaire et qu'il n'avait pas d'amis en Italie. A ces paroles, Jamie se rassura, quand le détective ajouta que Marc lui paraissait quelque peu étrange de par son attitude. Il contactait très souvent un homme du nom de Jack, un homme avec qui, il avait de nombreux rendez-vous et très suspects à son goût. Là, Jamie ravala sèchement sa salive. Marc fréquentait aussi des magasins d'armes et prenait des cours de tir, ce qui l'inquiéta bien plus encore. Monsieur Stills précisa qu'il l'avait vue sortir d'un des magasins d'armes avec un paquet de taille moyenne, alors qu'il y était entré vingt minutes plus tôt les mains vides.

Jamie se mit à trembler nerveusement sans qu'elle ne puisse faire cesser ce tremblement. Tout de suite, elle imagina le pire. Marc avait donc acheté une arme et prenait des cours de tir. Qu'allait-il en faire ? Qui allait-il tuer ? Des questions qui hantaient maintenant son esprit. Elle avait complètement oublié Monsieur Stills à l'autre bout du téléphone. Il essayait tant bien que mal, de la rassurer, mais Jamie ne l'écoutait plus, elle semblait déjà ailleurs. De sombres pensées l'envahissaient, soudain, elle se mit à sangloter.

- Vous êtes toujours là ? Intervient-il.

Il y eut un long moment d'absence, quand Jamie réagit en bégayant.

- Oui… Oui, je, je suis là.

- Jamie, vous allez bien, que ce passe-t-il ?

- Disons que je suis effrayée par ce que vous venez de m'apprendre. Vous vous rendez compte, lança la jeune femme, il vient d'acheter une arme ! Cela confirme bien les soupçons que je pouvais avoir. Et s'il décidait de se débarrasser de son père, ou encore de me supprimer, moi ! Qu'allons-nous faire ? Je ne sais vraiment plus quoi penser, j'ai si peur.

Elle ne cessait de parler, d'interroger, quand Monsieur Stills cria dans le combiné

- STOP ! Vous allez arrêter de vous en faire comme cela, si ça se trouve, il n'a même pas acheté une arme. Nous n'en savons rien encore. Ne soyons pas trop hâtifs et voyons l'évolution des choses. Je pense qu'il ne faut pas se mettre des idées noires en tête ou de vendre la peau de l'ours avant de l'avoir tué.
- Oui je comprends, dit-elle.
- Comme si les paroles qu'elle venait d'entendre l'avaient déjà rassuré.
- Mais soyez honnête, on ne va pas dans une armurerie pour acheter un objet en cristal ou encore des fleurs séchées !

Jamie prit une voix plus ferme et demanda à Monsieur Stills de l'informer quotidiennement des faits et gestes de Marc. Il ne fut pas convaincu qu'un rapport journalier soit utile car comme il lui expliqua, ce serait une perte de temps, d'énergie et un manque total d'informations. Il préfèrerait lui communiquer son rapport tous les trois ou quatre jours voir hebdomadaire. Cela lui permettrait de réunir des informations concrètes et d'avoir une vision d'ensemble sur les agissements de Marc. Sans avertir Jamie, peur de sa réaction sans doute, il décida d'approcher d'un peu plus près le jeune homme. Et qui sait, peut-être même devenir son ami le temps de boucler son enquête.

Marc était jeune, pensa-t-il, très jeune mais aussi très naïf. Il avait encore une multitude de rêves d'enfant plein la tête, ce qui lui était bénéfique. Il comptait profiter de sa naïveté et de sa gentillesse pour lui extirper des renseignements utiles à son enquête.

- Jamie, dit-il, comme convenu, vous aurez donc de mes nouvelles dans quelques jours. D'ici-là, si c'est vous qui avez du nouveau, je vous demanderai de me prévenir le plus tôt possible.
- Ne vous inquiétez pas, je le ferai.

Ils raccrochèrent et Jamie ferma les yeux, mis la tête entre ses mains et respira profondément comme pour évacuer tout son stress mais aussi sa peur. Maintenant, c'était une évidence à ses yeux, elle devait avertir Will. Il fallait qu'il sache exactement ce que son fils lui faisait endurer depuis ces quelques mois. Mais le comprendrait-il ? Il n'était même plus question de se le demander. Elle se devait de l'informer, car après avoir entendu tout cela, elle avait vraiment peur. Elle en vint à se demander laquelle des situations préférait-elle entre Marc et Peter. Elle ne cherchait ou n'attendait aucune réponse tant elle se sentait en danger. Les faits étaient là, Marc devenait à ses yeux menaçant et dangereux.

Pour le moment, il fallait qu'elle se consacre à ses plaidoiries. Elle s'interdisait de penser à autre chose, malgré son esprit torturé.

Elle avait des clients qui comptaient sur elle et qui avaient besoin d'une avocate à la hauteur de leurs exigences. Elle se devait de mettre tout en œuvre afin de se concentrer réellement sur son travail, chose qui lui paraissait compliquée pour le moment, mais indéniablement réalisable. Elle ne se donnait pas le choix et se dit qu'une fois les affaires dont elle s'occupait, seraient conclues, elle n'en prendrait pas d'autres dans l'immédiat. Sa préoccupation première serait Will. Elle rêvait à passer du temps avec lui et pouvoir lui avouer enfin ce qui la tourmentait tant. Marc devenait une incessante obsession mais aussi une profonde angoisse. Le doigt sur l'interphone, elle appela Linda.

- Vous pouvez venir dans mon bureau, s'il vous plaît, avec mon agenda et le planning de la semaine.

Une fois consulté son planning et décalé d'une semaine plusieurs de ses rendez-vous, elle appela tour à tour chacune des personnes concernées et décida de conclure au plus tôt. Une fois qu'elle aurait réuni tous les documents, les preuves et les témoins, il ne lui restait plus qu'à préparer ses conclusions et sa plaidoirie. Plus le temps de spéculer, s'avoua-t-elle, l'heure était venue pour elle de se rendre aux différentes audiences et de plaider au mieux afin qu'il n'y ait ni renvoi, ni ajournement.

Chapitre 10

Toujours très impatient de retrouver sa bien aimé, Will s'était mis sur son trente et un et avait réservé une table au restaurant. Une jolie robe de soirée à paillettes, qu'il avait acheté avant de rentrer, était joliment déposée sur le lit.

Vêtu d'un somptueux costume de lin beige et d'une chemise blanche, il attendait Jamie qui semblait, ce soir encore, se faire désirer. Il jeta un bref regard par la fenêtre et aperçu, dans l'allée, sa voiture qui s'avançait lentement. Très excité, à l'idée de sortir, il ne tenait plus en place. Elle franchit enfin le seuil de la porte et Will se jeta sur elle pour la couvrir de doux et langoureux baisers. Ils se liaient tels deux corps en parfaite osmose.

- Que me vaut un accueil pareil ? Fit-elle entre deux baisers.

Il ne répondit pas et continuait de l'embrasser.

- Mais ! Attends un peu. Tu sors ? Ajouta la jeune femme sous le charme. Tu es très beau ce soir.

- Oui en effet, je sors. J'ai un dîner de prévu dans le plus chic et le plus bel endroit de la ville.

- Monsieur en a de la chance ! Lança-t-elle ironiquement. Tu dînes avec un client ? Devine la jeune femme.

Will avait décidé de jouer le jeu encore un petit moment et se força à ne pas sourire. Il avait beaucoup de mal à contenir ses émotions.

- Tu ne montes pas tes affaires dans notre chambre, ajouta-t-il en brisant le silence.

Elle déposa ses clés dans la coupelle sur le meuble de l'entrée et comme très obéissante, elle monta son sac et sa mallette dans sa chambre. Soudain un cri se fit entendre.

- Will ! Will ! Tu es fou mon amour, tu as fait des folies. Tu n'aurais jamais dû !

Les larmes aux yeux, elle contempla, émerveillée, sa robe de soirée qui brillait de mille feux, semblable à une robe de princesse.

- Elle a dû te coûter une vraie fortune, continua-t-elle, tu ne devrais pas faire ce genre de folies.

- Oui je sais, tu viens de me le dire ma chérie. Mais toi, tu devrais savoir que rien n'est, ni trop beau ni trop cher pour la femme de ma vie.

Elle se jeta à son cou et le couvrit de baisers.

- Mais au fait ! Cela veut dire que je viens avec toi ?
- Bien sûr mon amour, comment pourrais-je aller dîner, et de surcroît, dans le plus bel endroit de la ville, sans toi ? Pour rien au monde je ne sortirai seul. Plus maintenant, conclut-il.

Des étincelles de bonheur et d'amour jaillissaient des yeux de chacun. Elle courut sous la douche et enfila sa robe. Will lui glissa au creux de l'oreille qu'il avait très envie… Elle riait car elle était certaine de savoir de quoi il avait envie. Il finit sa phrase en précisant, qu'il avait très envie de « manger. » Jamie le regarda dans le plus profond de ses grands yeux bleus et d'une voix presque sensuelle, près de son oreille, à la limite du cou, lui dit :

- Alors monsieur n'a pas envie de moi ? Tant pis j'offrirai mes moments d'amour intense et passionné au serveur du restaurant.

Il fit un pas en arrière et recula la tête.

- Au serveur ? Mais si c'est un vieil homme ?
- Ce n'est pas grave, je m'arrangerai avec son collègue, comme mon futur mari ne veut pas de moi.

Will devait se rattraper et se faire pardonner.

- Mais tu n'as pas compris mon amour, je voulais te dire que j'avais très envie de te manger toi et pas autre chose.

Jamie fit une moue amusante avant de sourire tendrement.

- Je sais bien, je te taquinais un peu.
- En fin de compte, tu es une véritable chipie !

Bras dessus, bras dessous, ils prirent le chemin du restaurant. Encore une fois, elle sentait que ce n'était pas le bon moment pour lui dire tout ce qu'elle avait au fond du cœur et qui la faisait tant souffrir.

La sonnerie de son portable se fit entendre, puis, plus rien. A peine eût-elle le temps de le sortir, qu'il ne sonnait plus. Bien décidé à passer une bonne soirée, elle effaça Marc de son esprit et se concentra davantage sur l'homme assis en face d'elle.

- Cet endroit est merveilleux, mon chéri. Je n'avais encore jamais vu de restaurants aussi beaux, aussi somptueux que celui-ci.

Une hôtesse les dirigea vers leur table. Jamie écarquilla les yeux, elle était, telle une petite fille, devant une vitrine de jouets.

- En quel honneur suis-je invitée dans cet endroit si romantique ?

- Pour votre information, jeune demoiselle, je pense sincèrement qu'un homme ne devrait pas avoir de bonnes raisons pour sortir avec la femme qu'il aime. Seul le fait de vouloir passer un peu de temps ensemble, dans un endroit différent de la maison, devrait suffire.
- Oui, vous êtes dans le vrai, Monsieur Beckett, et d'ailleurs nous devrions sortir plus souvent.

Le téléphone de la jeune femme se mit de nouveau à sonner mais cette fois sans interruption.

- Allo ? … Allo ?

Jamie n'entendait rien, juste une longue respiration.

- Allo ? Dit-elle encore. Il y a quelqu'un ? Répondez ! Vous êtes là ?

Une voix lointaine et presque inaudible se fit entendre.

- C'est moi mon amour, je voulais seulement écouter le son doux et harmonieux de ta jolie voix. Je serai bientôt près de toi. Tu me manques.

Il raccrocha sans lui laisser le temps de parler. Jamie tremblait, elle blêmit. Elle raccrocha ne sachant plus ce qu'elle devait dire ni faire. Elle avait reconnu la voix de Marc. Son cœur s'emballait, elle manquait d'air et n'arrivait plus à respirer.

- C'était qui mon ange ? Intervient Will. Tu n'as pas l'air bien, que se passe-t-il, rien de grave ?

Encore une soirée qui allait être gâchée se dit-elle. Elle qui avait tout fait pour le chasser de son esprit, ne plus y penser, et voilà qu'il l'appelait, justement ce soir. Il avait le don de lui pourrir la vie et principalement lorsqu'elle se sentait bien.

- Qu'y a-t-il ? Reprit Will, ça ne va pas ? Des mauvaises nouvelles ?

La jeune femme tremblait nerveusement. Will sentait bien que quelque chose n'allait pas, il se rapprocha d'elle et lui prit la main.

- Ce n'est pas le boulot, confia la jeune femme au bord des larmes. En fait, pour tout te dire, je suis harcelée par quelqu'un au téléphone, et cela fait maintenant plusieurs semaines...

Elle semblait bien partie pour lui avouer enfin ce qui lui faisait tant de mal au fond d'elle, quand, le regard plein de compassion et d'amour de Will croisa le sien, elle eut tout à coup des remords à vouloir tout lui raconter ce soir. Il s'était donné beaucoup de mal à tout préparer pour leur sortie. Elle ne pouvait pas tout gâcher juste pour libérer sa conscience.

- Tu sais, je te propose de profiter de notre soirée tranquillement et je te reparlerai de tout cela demain si tu veux bien. Je souhaiterai savourer pleinement ces instants que je partage avec toi.

Will aurait voulu savoir ce qui la faisait tant souffrir, mais si lui en parler maintenant était au-dessus de ses forces, il respectait son choix et n'avait nullement l'intention de lui poser un amas de questions au restaurant.

- Mon amour, dit-il, tu es libre de m'en parler ou de ne rien me dire, c'est toi qui vois. Je ne vais, en aucun cas, te forcer à me dire ce que tu ne tiens pas à dire de suite. Mais lorsque je te sens triste, je souffre aussi. J'aime te voir souriante à chaque instant.

Il débordait d'amour et de compassion pour elle. C'était un homme comme on n'en voit plus de nos jours, sa gentillesse et sa générosité étaient semblables aux rayons du soleil, elles donnaient l'impression d'une caresse et d'une chaleur intense.

- Profitons de cet instant magique, et nous en reparlerons lorsque tu l'auras décidé.

Un fond de musique douce accompagnait chacun de ses mots. Jamie était encore une fois sous le charme de ce beau brun au regard azur. Il se leva, lui tendit la main et d'une voix des plus sensuelle, lui murmurait :

- Me ferais-tu l'honneur de danser avec moi ?

- Avec grand plaisir mon chéri.

Elle se leva, mit sa main dans celle de Will et ils marchèrent d'un pas souple et léger vers la piste de danse. Enlacée contre lui, elle ne cessait de penser à Marc. La tête sur son torse, elle se vit envahir par un sentiment de culpabilité. Elle aurait aimé lui en parler ce soir mais cela romprait inévitablement le charme qui régnait en maître autour de leur amour.

Fatiguée par toute cette tension et cette oppression, Jamie se sentait las de ce qui lui arrivait. Elle avait beaucoup de mal à apprécier l'instant présent. Mais, quoi qu'il se passe dans les prochains jours, elle se devait d'avertir son futur mari, et ce, le plus tôt possible.

- Jamie, mon amour, à quoi penses-tu ? Je te sens à des années-lumière. Serait-ce encore cet appel qui t'éloignerait de moi ?

- Non cet appel est déjà oublié. Je pensais à nous, à ce que nous vivions et à tout l'amour que tu me donnes.

Elle détestait lui cacher la vérité, mais Marc hantait continuellement son esprit. Son bonheur était presque irréel à ses yeux. Elle n'avait jamais connu ce que l'on pouvait appeler l'amour avec un grand A. Maintenant qu'elle y goûtait, elle aurait beaucoup de mal à le voir s'enfuir sans pouvoir le retenir.

- Will, chéri, s'il t'arrivait d'entendre un jour que ton fils a fait ou a créé des ennuis à quelqu'un, que ferais-tu ? Interrogea-t-elle.

Il s'arrêta de danser net, quelques secondes. Seulement deux ou trois, mais pour Jamie, elles parurent une éternité, comme un arrêt sur image ou une pause à leur vie. A cet instant, elle regretta d'avoir posé la question.

- C'est une drôle de question, je ne sais pas quoi te répondre car Marc est un gentil garçon, il n'a jamais causé de torts à qui que ce soit.

- Je sais bien, mais je voulais simplement savoir ce que tu ferais dans une situation similaire. Quelle aurait été ta réaction ? Enfin, tu vois ce que je veux dire chéri ?

Tant bien que mal, elle essayait de se rattraper aux branches. Sans laisser paraître ses émotions, elle souriait.

- Je crois que je viens de comprendre. En fait tu me demandes ça car il y a sûrement un rapport avec ton travail. Je vais être honnête avec toi, on n'est jamais sûr du comportement ou des réactions d'une autre personne. En fait, on ne connaît personne mieux que soit même. Il se trouve que Marc est mon fils, et même mon propre fils, je ne le connais pas, à mon grand regret, mais c'est la vie. Donc, si je savais qu'il cause du tort à quelqu'un, je réagirai en fonction de ce qu'il a fait bien sûr. Je lui demanderai quand même de me donner sa version des faits, et s'il niait, sans hésiter, je le croirai à toute autre personne car il ne m'a jamais menti. C'est pour moi une chose naturelle, je suis certain que si tu avais un enfant, tu comprendrais.

La jeune femme sentait le sol se dérober sous ses pieds, elle savait à l'avance qu'il prendrait son parti, et là, il venait de lui confirmer. Elle conclut cette discussion par une phrase banale mais qui en disait long.

- Je comprends ta réaction, c'est une réaction tout à fait normale, bien qu'elle ne me paraisse pas très convaincante.

Will lui adressa un sourire coquin puis déposa sur ses lèvres douces et sucrées, un baiser si tendre qu'elle eut du mal à s'en défaire.

- Je t'aime mon ange, plus que tout au monde.

Une phrase très belle pensa la jeune femme, mais elle ne rivaliserait jamais avec Marc. Elle était sûre, maintenant que son fils comptait beaucoup et qu'elle aurait du mal à lui avouer ce qui se passait ou du moins lui faire accepter les choses. La musique se termina. Ils retournèrent à leur table.

- Je te trouve particulièrement belle ce soir, dit-il en lui tendant la main.

Ce compliment la touchait, mais ses pensées vagabondaient encore et elle semblait avoir du mal à se focaliser sur autre chose que « Marc ».

- Merci, c'est gentil, mais tu n'es pas mal non plus, répliqua-t-elle. Je vais devoir m'absenter deux minutes, je vais me repoudrer le nez, pour que tu me dises encore de belles choses surenchérit la jeune femme souriante.
- Tu sais, tu n'as pas besoin de tous ces artifices pour me plaire, je t'aime telle que tu es.

Jamie avait une telle admiration pour cet homme si simple et si gentil à la fois. D'un pas léger, et sûr, elle se dirigea vers les toilettes des dames. A l'intérieur, elle se précipita sur son portable, le ralluma et composa le numéro de M. Stills. Elle paraissait nerveuse, et très pressée. Il décrocha enfin son téléphone, elle lui expliqua très vite ce qui venait de se passer. Il ne comprit rien et lui demanda de recommencer plus lentement. Jamie reprit donc son histoire au début et raconta mot pour mot les paroles de Marc. Sa voix tremblait, il pouvait déceler de la peur en elle. M. Stills la rassura tant bien que mal, mais sans succès. Elle abrégea la conversation car Will l'attendait dans la salle du restaurant. M. Stills lui confia quand même que les choses n'avaient pas évolué. Jamie le remercia et raccrocha. Elle éteignit complètement son portable au risque qu'il ne sonne à nouveau. Elle passa une main rapide dans ses cheveux et retourna s'asseoir près de Will.

- Je n'ai pas été trop longue ? S'enquit la jeune femme, en prenant place.

- Non, mais encore une minute de plus et j'appelais les secours, lança-t-il en souriant à pleines dents.

Elle se sentait bien, en parfaite harmonie avec lui, le vrai bonheur, celui qu'elle ne pensait jamais connaître, celui qui n'existe que dans les films ou les bons livres à l'eau de rose. Elle se devait de ne pas rompre le charme.

- Will, mon chéri, j'ai un grand secret qui me pèse, et qu'il faut que je te dise. En plus tu y es concerné.

- Un secret qui me concerne ? J'ai hâte de savoir de quoi il retourne, je t'écoute mon ange, vas y parle.

- Non, pas ici, pas comme ça, et puis il n'y a rien qui presse, ce soir nous ne devons penser qu'à nous, et surtout profiter de cette soirée en tête à tête. Nous en reparlerons demain, à la maison, si tu veux bien.

Will parut enchanté par cette idée et n'émit aucune objection.

- Alors comme ça, tu en auras des choses à me raconter demain, lança-t-il.

- Des choses ? Comment ça ? S'étonna la jeune femme sur la défensive.

- Tout à l'heure, enchaîna Will, avant de danser, tu m'as dit que quelqu'un te harcelait et que tu allais me raconter cela en détail demain, et maintenant tu me dis que tu as un lourd secret qui te pèse et qu'il faut que tu m'en parles aussi demain. C'est pour cela que je te dis que demain tu auras beaucoup de choses à me dire. C'était juste une façon de parler, rien de plus.

- Ah ! Fit la jeune femme, presque soulagée. Oui c'est vrai, vu sous cet angle, il y a en effet un tas de choses.

Comme prit dans le feu de la soirée, Will étreignit tendrement sa jolie compagne et l'enveloppa de baisers suaves et langoureux. Jamie affectionnait ce jeu de séduction et tout particulièrement par ce bel homme. Elle avait, pour quelques minutes, oublié totalement l'existence de Marc. Elle se sentait si bien et éprouvait tant d'amour, une joie et un bonheur incomparables à tout ce qu'elle avait déjà connu auparavant.

Chapitre 11

Jamie se tournait, se retournait dans son lit. Le sommeil peinait à venir. L'esprit torturé par la manière dont elle aborderait le sujet le lendemain matin. Des spéculations, pas de preuves, mais surtout l'absence de Marc pour se défendre.

La nuit fut courte et un mal de tête s'installa au petit matin.

Will s'étira et serra Jamie bien fort contre lui, comme pour qu'elle ne parte jamais.

- Bonjour mon amour, tu as bien dormi ? Dit Jamie en se tournant vers lui.

- J'ai dormi comme un bébé, mais j'ai remarqué que tu avais beaucoup bougé cette nuit. Des cauchemars ? S'inquiétait-il.

- Non, je n'ai pas fait de cauchemars, disons que je n'arrivais pas à dormir.

Will prit appui sur son coude et la regarda avec tendresse. Ses doigts passèrent lentement sur son visage. Ils contournaient ses yeux, sa bouche puis, remontaient sur ses douces et concaves pommettes. Il adorait toucher, caresser et sentir du bout des doigts la chaleur de son corps, la douceur de son être, chose qu'il ne pouvait pas sentir avec les mots.

- Mais qu'est-ce qui a empêché une si jolie femme comme toi de dormir ? Tu aurais dû me réveiller.

Une larme ruissela le long de la joue de la jeune femme. Will l'essuya d'un doigt.

- Dis-moi mon ange, c'est en rapport avec ce que tu as à me dire ?
- Oui en effet, ce qui me contrarie, c'est que je ne sais pas comment te le dire et surtout comment tu vas réagir. Je me sens si bien avec toi, mon unique peur est de te perdre.

Il ne savait que dire car lui non plus ne souhaitait pas la perdre, pourtant elle avait attisé sa curiosité.

- N'aie aucune crainte, tu es ce que j'ai de mieux dans la vie, à part mon fils bien sûr, tu m'es très chère.

Le mot « fils » avait réussi à lui glacer le sang. En fait, elle s'aperçut que les mots de Will tournaient inlassablement autour de Marc.

- Qu'y a-t-il ? Te voilà encore loin de moi, dit-il.
- Non je suis là, ne t'inquiète pas.

Elle souriait tant bien que mal. Un sourire crispé, comme faux, qui traduisait son malaise.

- Tu pourrais au moins essayer de sourire de bon cœur, lança Will se voulant rassurant.
- Mais j'ai essayé, je t'assure, dit-elle avec une moue amusante. Je te taquine, tout va bien, je vais me doucher et préparer un bon café. Tu veux bien ?
- Non… Je ne veux me nourrir que de toi.
- Alors… Mangeons, dit-elle en se nichant contre son torse. Mais tu dois savoir une chose Monsieur Beckett, je ne me rassasie pas de nourriture virtuelle, il me faut un bon café noir et au moins un grand verre de jus d'orange pour bien commencer la journée.
- Je plaide non coupable, Maître, c'est uniquement la voix de mon cœur qui a parlé à ma place, ce n'était pas moi. Et pour la peine, tu seras victime de nombreuses… Chatouilles.

Ils riaient comme des enfants et se chatouillaient mutuellement.

- Allez ! Sauve toi chipie, va vite te doucher. Je te laisse la vie sauve mais la prochaine fois, prends garde à toi.
- Oh merci grand maître vénéré, puisque j'ai votre permission, je file me doucher.

Will avait senti, que ce matin, elle n'allait pas bien. Sûrement le poids de ce qu'elle supportait en silence depuis ces quelques semaines. Il ne savait plus exactement depuis combien de temps elle allait mal. Il aurait aimé le savoir plus tôt et pouvoir lui apporter son aide, si toute fois cela s'avérait utile. Il se réjouit quand même de l'avoir fait sourie ce matin et sa fierté ne fut que grande.

Il enfila une robe de chambre en soie noire et descendit lui préparer son petit-déjeuner. Comme pour un dîner romantique, il installa les mugs, la cafetière et les tartines sur la table de la cuisine. Il avait remarqué, ce matin, qu'elle avait pris plus de temps que d'habitude, pour prendre sa douche et se préparer. Il sentait bien qu'elle avait choisi d'éluder toutes questions à son réveil, même si au fond de lui, il aurait souhaité connaître de suite ce qui la perturbait tant. Il décida de ne rien lui demander et attendrait qu'elle le fasse seule et surtout que cela vienne d'elle sans y être forcée ni contrainte à s'exprimer.

- Coucou ! Dit une voix qui descendait l'escalier. Tu veux que…

Elle resta figée en voyant la table mise.

- Mais ! C'est merveilleux ! C'est beaucoup trop joli pour un petit-déjeuner, on dirait une table de princesse.

- Et c'est le cas, tu es ma princesse.

Les larmes lui montaient aux yeux. Elle en perdit toutes paroles. Ne sachant plus quoi dire, elle se jeta à son cou et lui glissa au creux de l'oreille :

- Je t'aime plus que tout au monde, tu es incontestablement mon âme sœur, mon ami, mais surtout un futur mari extraordinaire. Tu sais toujours de quoi j'ai besoin ou envie et surtout à quel moment.

Elle installa ses yeux dans les siens, comme si elle voulait plonger au plus profond de son être et en devenir sa naufragée.

- Je ne sais vraiment pas ce que je ferai sans toi, ajouta la jeune femme.

Will était touché par cette preuve d'amour. Il la serra plus fort encore contre lui.

- Madame veut-elle se donner la peine de prendre son petit déjeuner ?

La jeune femme prit place près de lui tout en gardant la tête plaquée contre son torse vigoureux.

- Will mon amour, il faut que je te dise ce qui m'ennuie. Tu sais, j'ai bien réfléchi, il faut que tu fasses partie intégrante de ma vie et pour cela il est important que je ne te cache rien et qu'importe ce qui nous arrivera ensuite ou le prix à payer. J'aurai été honnête avec toi et c'est tout ce qui compte. Je ne veux pas vivre dans le mensonge car je sais le mal que cela fait.

Il resta stupéfait par sa franchise et se félicita de l'avoir rencontré. Pourtant, une pointe d'inquiétude l'envahit. Toujours attentif à la moindre de ses paroles, il attendait, presque impatient.

- Tu peux tout me dire mon amour, rien ni personne ne nous séparera. Notre amour est si fort. Moi non plus je ne veux pas te perdre tu sais, je t'aime tellement.

Elle voulait y croire et aurait aimé que tout soit aussi beau que dans les contes de fées, mais il en était tout autrement. Elle avala son café, son jus d'orange, prit Will par la main et le dirigea vers le sofa. Inexplicablement, ils étaient assis exactement à la même place que le jour où Will lui annonça qu'il avait un fils.

- J'aimerai, avant de commencer, que tu m'écoutes jusqu'au bout sans m'interrompre, c'est très important pour moi car ce n'est pas facile à dire et surtout à croire.

- Pas de souci mon ange, je t'écoute.

Jamie prit un profond soupir avant de commencer.

- Tout d'abord, avant de te dire quoi que ce soit, je dois t'avertir que cela concerne ton fils.
- Mon fils ? Réagit Will.
- Tu vois, tu m'interromps déjà !
- Excuse-moi, disons que j'ai été très surpris que tu me parles de lui.
- Je pense alors que tu n'es pas au bout de tes surprises, le pire reste à venir.

Elle n'arrivait plus à soutenir son regard et, c'est tête baissée qu'elle continuait. Il fronça les sourcils, essayant en vain de croiser ses yeux embrumés.

- Continu, dit-il, je reste tout ouïe et promis, je ne t'interromprais plus.
- Comme je viens de te le dire, cela concerne Marc. Je ne sais pas si tu te souviens mais le premier jour où je suis venue chez toi, j'ai fait la connaissance de ton fils. Nous étions restés quelques minutes seuls avant que tu n'arrives. Et bien tout a commencé ce jour-là. Il m'a d'abord dit que j'étais bien trop jeune pour toi, qu'à ton âge il te fallait une femme plus mûre que moi. Il voulait également connaître dans quelles circonstances nous nous étions rencontrés. J'ai décrit très succinctement notre rencontre et il m'a

clairement fait comprendre, sans tourner autour du pot, qu'avec toi j'allais perdre mon temps, qu'il serait le seul à pouvoir me rendre heureuse et satisfaire toutes mes envies.

Terriblement surpris, mais toujours très attentif, il se cala profondément contre les coussins. Jamie continuait.

- Il a commencé par m'appeler sur mon portable. Il me surnommait (ma chérie, mon amour), et puis il m'a envoyé des fleurs au bureau. Je ne te parle pas du cadeau qu'il m'a fait, qui du reste n'a jamais été ouvert ! J'étais terrifiée et très en colère. Je ne savais pas comment réagir à tout cela. Tu as toujours vécu seul avec ton fils et une étrangère vient te dire un tas de choses inconvenantes et surtout pas faciles à entendre, j'imagine que ce n'est sûrement pas moi que tu croirais. D'autant plus qu'il m'avait prévenu que si j'osais t'en parler, il nierait tout et je te perdrais à coup sûr. Je… Je ne savais plus où mettre la tête.

La jeune femme éclata en sanglots sans pouvoir se retenir. Tout cela pesait lourdement. Will s'approcha d'elle et la prit dans ses bras en essayant de la consoler.

- Chut… Je suis là mon ange, calme-toi.

La voix tremblante, elle continuait de parler.

- Je suis vraiment désolée, mais j'ai très peur car avant de partir en Italie, il a été très menaçant, il m'a averti que si je ne te quittais pas, il serait capable d'éliminer tous les obstacles qui se trouveraient sur son chemin y compris toi. Au début, je n'y croyais pas, mais à chaque fois qu'il le pouvait, il m'appelait, me harcelait ou encore me prévenait que quoi que je fasse, je finirais tôt ou tard dans ses bras.

Will resta muet, perplexe et dubitatif à tout cela. Soudain la peur pouvait se lire dans l'obscurité profonde de ses grands yeux. Il ne concevait pas que son fils puisse faire ou dire de telles choses et pourtant un frisson l'envahit. Une force inexplicable au fond de lui, le poussait à ne pas douter des mots qu'il entendait. Elle continuait.

- J'ai dû faire appel à un détective privé et il s'avère que ton fils a pris des cours de tirs et qu'il s'est acheté une arme. Enfin, en ce qui concerne l'arme, on n'en est pas sûr, il est sorti de l'armurerie avec un paquet de petite taille. Il entretient des dialogues avec des gens peu fréquentables pour l'Italie et toutes leurs conversations sont codées, ils ne disent jamais de phrases entières. Will, mon amour je suis terrifiée à l'idée qu'il t'arrive quelque chose.

Toujours muet, livide, il ne trouvait pas de mots. Il paraissait à des milliers de kilomètres. Il comprit alors que lorsque Marc lui parlait de la femme dont il était éperdument amoureux, il s'agissait bel et bien de Jamie. Il s'en voulut de ne pas avoir compris cela plus tôt, il aurait dû le deviner, la description qu'il en avait fait, le regard insistant envers Jamie et tous ces signes révélateurs. Pourquoi n'a-t-il rien vu venir ? Il culpabilisait mais savait qu'il n'était pas responsable du comportement de son fils. Il essayait de s'en persuader.

- Jamie ! Dit-il soudainement, je souhaiterai que pour le moment, tu penses à autre chose. Je sens bien que tu en souffres et je déteste te voir dans cet état. Pour ton bien, provisoirement oubli tout ça.

Il voulait prendre le temps d'encaisser le coup mais surtout de digérer tout cela.

- J'aimerai être comme toi, pouvoir rester impassible face à toutes sortes de situations, mais je n'y arrive pas surtout quand elles me touchent personnellement, c'est plus fort que moi je prends tout ça trop à cœur, j'en suis consciente.

- Je te comprends, rassure-toi, mais nous allons y faire face ensemble. Maintenant que je connais la raison de ton mal être, je suis là et tu peux compter sur moi.

Les mots qu'elle venait d'entendre la réconfortaient car elle redoutait cet instant depuis trop longtemps. Elle craignait que Will remette sa parole en doute et qu'il prenne la défense de son fils. Elle était ravie de constater qu'elle s'était trompée. Will avait décidément toutes les qualités, pensa-t-elle. Pour la première fois, depuis longtemps, elle se sentait en sécurité près de lui mais surtout aimée.

- Je te remercie mon amour, dit-elle en se calant contre son torse. Tu es toujours là quand j'en ai le plus besoin. En plus d'être réconfortante, ta présence me procure un bien fou et crois-moi, c'est en ces moments-là que l'on reconnait la valeur des gens.
- C'est ça le rôle d'un futur mari, ajouta-t-il. De plus, tu es une femme merveilleuse et pleine d'attention et de compassion pour tous ceux que tu aimes. Il n'y a rien de plus normal que d'être là lorsque tu as besoin de moi.

Il l'enlaça et l'étreignit tendrement. Il avait réussi, en un instant, à lui faire oublier Marc.

- Tu veux qu'on sorte un peu, qu'on se change les idées ? Proposa Will.
- Sortir ? Mais ton travail ? Et le mien ?

Partagée entre l'envie d'y aller et celle de refuser, elle ne savait que faire sur le moment.

- Mon travail ? Maugréa Will, c'est de rester près de ma femme et surtout en ce moment. Mon devoir est de veiller sur toi, même si nous ne sommes pas encore mariés.

Comblée, flattée, nuls mots n'étaient assez puissants pour décrire l'état dans lequel elle se trouvait. Elle semblait presque réconfortée par les mots qu'il venait de dire. Elle n'émit aucune objection et se laissa guider par l'aventure. Ils n'avaient prévenu personne de leur absence au bureau et prirent la fuite comme deux adolescents en quête de bonheur ou d'un premier amour. Will fit de son mieux pour lui changer les idées. Des fous rires, des éclats de rires, des coups d'œil complices et malicieux. Jamie avait complètement oublié l'existence de Marc. Elle se sentait si bien qu'elle souhaitait prolonger leur petite escapade. Elle ne se souciait plus du travail et appréciait ce bonheur intemporel.

Le soleil resplendissait de mille feux et Jamie laissait son corps s'embraser sous ses rayons brûlants et se consumer. La journée passa très vite et déjà l'heure du dîner s'annonçait. Ravie d'avoir passé cette journée à l'extérieur, Jamie ouvrit la porte et déposa ses clés sur le petit meuble dans l'entrée. Sans prendre la peine de se déchausser, elle se laissa tomber sur le sofa. Will, comme un enfant voulant l'imiter, fit de même. Jamie le regarda attendrie par son comportement puéril.

- Mais tu copies ! Lança-t-elle amusée.
- Ah non ! J'ai eu l'idée avant toi.

Il riait de la voir heureuse car il la trouvait encore plus jolie le sourire aux lèvres. Elle adorait particulièrement ses réactions enfantines. Will, quant à lui, commençait à avoir faim, mais Jamie n'avait ni la force ni le courage de préparer le dîner. Elle décida donc de faire venir le dîner chez eux. Des plats chinois iraient très bien pour ce soir pensa-t-elle. Will n'était vraiment pas un homme compliqué, il se contentait de ce qu'il y avait à manger et ne faisait aucune manière.

Maladroit avec des baguettes chinoises, il ressemblait à un bébé avec ses premiers couverts en mains. Un spectacle qui ravissait la jeune femme.

- Tu peux toujours te moquer de moi ! Je n'ai jamais réussi à manger avec ces « trucs-là » !

Jamie voyait en lui ce petit garçon qui s'en voulait presque de ne pas savoir manger avec des baguettes. Elle le prit dans ses bras et le consola pour se faire pardonner de ses moqueries.

- Je te taquine mon ange. Tu es tellement mignon, tu les tournes dans tous les sens, ne sachant pas par quel bout les prendre. Ça m'a juste amusé, et puis je ne me moquait pas.

- Tu me le promets ? Dit-il avec sa lèvre inférieure ressortie.
- Promis ! Conclut-elle.
- Mais attention ! C'est uniquement pour les baguettes, à part ça, je veux te voir rire tout le temps, dit-il avec l'index en l'air.

Elle acquiesça d'un signe de la tête. Ils étaient épuisés tous les deux, leur journée n'avait pas été de tout repos mais, très agréable. Ils n'avaient qu'une hâte, se mettre au lit. Il était déjà très tard. Les aiguilles de l'horloge courraient sur le cadran. On aurait dit que ce soir, elles semblaient pressées, telle une course effrénée. Ils montèrent et, toujours enlacés, se couchèrent en même temps, dans un mouvement synchronisé. Jamie se sentait rassurée et ne craignait plus les appels de Marc. Elle avait maintenant, son futur mari à ses côtés. Elle savait qu'il la protégerait contre vents et marées mais surtout contre Marc. Elle s'endormit paisiblement.

Chapitre 12

Depuis plusieurs semaines, Steve n'avait eu aucune nouvelle de Marc. Inquiet et très impatient de son retour, il décida d'aller chez Will afin d'en savoir un peu plus car Marc, en partant, n'avait pas donné de date de retour et cela, à personne. Steve supposait qu'il était déjà rentré.

Devant le seuil de la porte, il croisa les doigts et ferma ses paupières très fortement espérant voir Marc ouvrir la porte. Il sonna. Jamie lui ouvrit et ne put s'empêcher de constater sa déception.

- Bonjour Steve. Qu'y a-t-il ? Qu'est ce qui ne va pas ? Pourquoi fais-tu cette drôle de tête ?

« Drôle » n'était pas le mot qui convenait pensait-il, mais il lui sourit.

- Je vais bien, j'espérais seulement que Marc soit déjà rentré, et je m'aperçois que ce n'est pas le cas. Je suis juste un peu déçu mais je vais très bien.

Jamie s'écarta légèrement et le laissa entrer.

- Assieds-toi Steve et raconte-moi ce qui t'amène ici exactement.

- Mais… Je viens de vous le dire, Jamie, je voulais seulement savoir si Marc était de retour ou non.

- J'ai l'impression, à t'observer, que ce n'est pas la seule raison qui t'amène ici. Je pense que cela cache aussi autre chose et quelque chose d'assez sérieux, n'est-ce pas ?

Démasqué, il fut surpris par la remarque et admiratif à la fois. Il aimait particulièrement la sérénité dont elle faisait preuve à chaque événement, mais également son sens aigu pour la psychologie. Habituée en tant qu'avocate à étudier et analyser les gens, elle pouvait deviner leur sincérité uniquement en les regardant parler. Leur gestuel et leur comportement en disaient long sur leur intégrité. C'était un peu comme un don qui s'était installé en elle et qui se développait au fil des jours, des années. Un peu comme un profiler qui établissait le profil psychologique d'un criminel. Il changea volontairement de conversation.

- Will est là ?

Jamie avait compris qu'il cherchait à éluder la question, mais surtout, éviter d'en parler avec elle. Elle n'insista pas.

- Oui, il est dans le jardin, je vais aller le chercher si tu veux.

Ses yeux vagabondaient dans toute la pièce avant de revenir se poser sur la jeune femme.

- Oui, je veux bien merci.

Elle se leva, sortit par la porte-fenêtre et se dirigea vers Will qui arrosait ses plantes. Elle lui expliqua succinctement que Steve souhaitait le voir, qu'il était venu dans l'espoir de trouver Marc, mais elle ressentait qu'il n'était pas venu que pour ça. Elle lui fit remarquer qu'elle subodorait qu'il avait quelque chose à leur apprendre. Will fronça les sourcils et s'interrogea sur la visite inopinée de Steve. Il aurait dû d'après lui, être le premier informé du retour de son fils, étant son meilleur ami. Il embrassa Jamie, comme pour la remercier d'être venue le chercher et entra dans la pièce.

- Steve, mets-toi à l'aise, installe-toi. Tu ne veux pas enlever ta veste ?

Will s'approcha de lui et tous les deux s'échangèrent une poignée de main. Steve prit place en face de lui sur le sofa et, timidement leva les yeux.

- Alors, que puis-je faire pour toi, mon grand ? Raconte-moi ce que tu viens faire ici.
- En fait, pour tout vous dire, je me demandais si vous aviez eu des nouvelles de Marc car depuis qu'il est

parti, je n'en ai aucune et je ne sais même pas quand il a prévu de rentrer.

- Aucunes ? Interagit Will. Normalement tu aurais dû être le premier averti de son retour !

Steve hocha la tête pour acquiescer.

- Pour tout t'avouer, moi non plus je n'en ai pas. Il m'a contacté une ou deux fois au début de son voyage, pour me rassurer et me dire que tout allait bien. Mais depuis, plus rien.

Jamie posa sur la table basse, du café ainsi que des petits gâteaux secs. Ils la remercièrent et Will fit le service. Elle voulait quitter la pièce et les laisser parler tranquillement, mais il la rattrapa et lui confia que tout ce qui se disait au sein de cette famille, la concernait également et que sa présence lui était importante. Elle se sentit flattée et prit place près de lui.

- J'en profite, comme tu es là Steve, pour te poser deux trois petites questions concernant Marc si tu veux bien ?

- Oui, je vous écoute.

- J'aimerai que tu me dises, si tu as observé un comportement étrange ou différent chez Marc, les jours qui ont précédé son départ.

Steve se redressa, comme aspiré par la tournure de la conversation.

- Étrange ou anormal ? En effet, dit-il avec aplomb. Avant de partir pour l'Italie, Marc n'était plus le même garçon. Il était constamment sur la défensive et n'avait plus la même patience surtout pour des futilités. Je sentais bien que quelque chose le tracassait mais je ne savais pas quoi. Pour être honnête avec vous, je le soupçonnais de voir quelqu'un ou plutôt d'avoir une femme, avant d'apprendre qu'il voyageait. Ensuite j'ai pensé que c'était le stress dû au voyage, mais maintenant, je ne sais plus quoi penser.

Will soupira profondément et Jamie lui prie la main en guise de réconfort et de compassion. Il paraissait atterré. Aveuglé par son amour paternel, ou trop occupé par sa nouvelle vie, il ne s'était même pas rendu compte que son fils allait mal et qu'il avait changé. Il le voyait toujours de la même manière, comme ce petit enfant à l'allure angélique en quête de bonheur et de toute forme de tendresse quelle qu'elle soit.

- Si vous me poser la question, continuait Steve, c'est que vous l'avez remarqué vous aussi.

Il aurait tant voulu s'en être aperçu, mais ce n'était pas le cas. Il n'avait rien vu venir.

- Enfin... Dit-il, si on veut. Je viens surtout d'apprendre qu'il harcelait sans cesse une personne qui m'est très cher.
- Marc ? Harceler quelqu'un ? Ça n'a aucun sens, je n'arrive pas à le croire.
- Pourtant, continuait Will, tu devrais. Il s'était mis en tête de conquérir le cœur de Jamie, à ses dépens.
- Je ne comprends vraiment pas ce que vous me dites, c'est absurde.
- Depuis qu'il a rencontré Jamie, il n'a de cesse de la harceler en lui disant qu'il l'aimerait davantage que moi et qu'elle n'avait rien à faire avec un vieux. Qu'il était plus jeune, donc plus à même de la combler, tant sur le plan sentimental que sur le plan amoureux.
- Ce que vous me dites, ne ressemble pas du tout à Marc, bien que je ne mette pas votre parole en doute.
- Tu sais, tout comme toi, j'ai eu beaucoup de mal à l'accepter. Il a quand même été jusqu'à me menacer. Il lui envoyait des cadeaux à son cabinet, l'appelait régulièrement pour lui dire à quel point il l'aimait et combien il saurait la satisfaire si seulement elle me quittait. Tout cela me semble assez proche de tes inquiétudes envers lui. Il aurait effectivement

quelqu'un dans sa vie ou devrais-je dire dans son esprit.

Steve resta sans voix. Il ne comprenait plus rien. Tout ceci ne ressemblait aucunement au jeune homme qu'il fréquentait. Il commençait à se demander à quel petit jeu pouvait jouer Marc et jusqu'où avait-il l'intention d'aller. Il ne dit rien. Jamie resta spectatrice de ce qui se passait autour d'elle. Elle n'envisageait pas d'intervenir, quand Will se tourna vers elle en lui demandant de confirmer ce qu'il venait de dire. Ce qu'elle fit sans développer. Elle resta brève. Le jeune homme avala une puis deux gorgées de café. Il déglutit.

- Tu sais Steve, ajouta Will, je pense que mon fils passe par une mauvaise période et le fait de ne jamais avoir eu de mère a dû le faire souffrir en me voyant avec Jamie. Sans vouloir l'en excuser, si toute fois ce fut la raison de son comportement envers elle, je ne peux et en aucun cas ne veut l'accepter.

A son tour, il s'empara de la main de la jeune femme qu'il serra délicatement contre lui.

- Oui, vous avez raison. J'ai quand même du mal à comprendre la distance et le recul qu'il a pris par rapport à moi, enchaîna Steve.
- Vos routes vont inévitablement se séparer à un moment ou à un autre de votre vie. Faudra t'y faire !

Jamie remarqua tout de suite que Steve paraissait dubitatif et elle ne put s'empêcher de l'interroger.

- Qu'as-tu Steve ? Pourquoi cet air si triste et si songeur en même temps ? Tu ne sembles pas convaincu qu'un jour ou l'autre vous prendrez des routes différentes. Je trouve cela tout à fait normal, vous aurez chacun une femme et des enfants, mais cela ne vous empêchera pas de vous voir aussi souvent que vous le voulez, insista Jamie.
- Non ! Cria-t-il. C'est impossible ! Je l'aime, moi ! Et avant de vous voir, il m'aimait lui aussi ! Tout était si simple !

Il éclata en sanglots et resta quelques instants, la tête entre ses mains sur le canapé. D'un coup, il se leva, prit sa veste et courut vers la porte. Jamie et Will se regardèrent, ils ne comprenaient pas ce qui venait de se passer. Will lâcha la main de la jeune femme qu'il tenait fermement et courut dans l'espoir de le rattraper. Il ne vit personne. Il devait déjà être loin, se dit-il.

Jamie, restée sur le sofa était anéantie lorsqu'elle réalisa l'ampleur des mots de Steve. « Ils s'aiment » ressassait-elle en boucle. Ses mots semblaient sincères, vrais. Il ne pouvait pas avoir dit ça ! Essayait-elle de se convaincre. Will revint à l'intérieur.

- Je n'ai pas eu le temps de le rattraper, dit-il en se rapprochant de Jamie. Mais, que s'est-il passé ? Qu'est-ce qui lui a pris ? Pourquoi il s'est enfui comme ça ?
- Calme-toi, compatissait-elle. Arrête de te poser toutes ces questions et viens t'asseoir près de moi, montrait-elle en tapotant le siège.

Il avançait, tel un robot et se laissa tomber juste à côté d'elle en soupirant.

- Dis-moi, mon chéri, qu'as-tu compris dans ses mots exactement ? S'inquiétait-elle.
- A vrai dire, pas grand-chose, bougonna-t-il en se redressant. J'ai à peine entendu ce qu'il a dit.

Elle se demandait si elle devait lui exprimer clairement ce qu'elle avait compris ou au contraire attendre et observer le déroulement des événements.

- Mais toi ? Enchaîna-t-il, qu'as-tu compris dans ses mots ? Que voulait-il dire ?

La question, qu'elle redoutait tant, venait d'être posée.

- Euh…

Elle cherchait ses mots. Elle s'interdisait de l'anéantir comme elle l'avait été ou encore lui faire de la peine pour une chose qu'elle avait sûrement mal interprété. Mais il fallait répondre.

- D'après moi, mais ce ne sont que mes impressions, il semblerait qu'il parlait d'amour entre eux.
- Oui, bien entendu qu'ils s'aiment, ils se connaissent depuis tant d'années, l'interrompt Will. Ils vont à l'école ensemble depuis qu'ils ont trois ans.
- Je sais bien oui, mais tu n'as pas eu l'impression qu'il parlait d'autre chose que d'une grande amitié, insista-t-elle.

Will se voilait la face. Il se refusait toutes pensées dans ce sens et se mit à rire nerveusement.

- Autre chose qu'une grande amitié ? Ce que tu es drôle quand tu veux ! Marmonna-t-il.

Elle sentait dans sa voix une pointe d'amertume et ne souhaitait plus continuer cette conversation. Pourtant, Will insistait dans l'espoir de se convaincre.

- Tu ne voudrais quand même pas dire qu'ils sont amants ? Ce serait un comble tout de même ! Bramait-il.

La jeune femme s'abstint de répondre. Il se leva et enfila sa veste.

- J'arrive, mon ange, il faut absolument que j'aille voir Steve, il y a certaines choses que j'aimerai éclaircir avec lui.
- Tu veux que je vienne avec toi ? Proposa-t-elle, en connaissant déjà la réponse.
- Non ça va aller, je préfère m'entretenir seul avec lui pour le moment, si tu n'y vois pas d'inconvénients.
- Bien sûr que non, prends tout le temps qu'il te faudra.

Il partit. Elle ferma la porte derrière lui après lui avoir donné un tendre baiser. Will monologuait et ne comprenait toujours pas, dans ce contexte, la signification du mot « amour ».

De son côté, Jamie espérait que ce petit tête-à-tête se passerait bien entre les deux hommes, mais surtout elle espérait qu'il soit compréhensif à l'annonce de la nouvelle qu'elle pressentait. Elle était quasi sûre, en ayant bien observé Steve et l'état dans lequel il se trouvait, qu'ils étaient, de toute évidence, amants. Dans tous les cas, elle devait attendre le retour de Will pour en avoir la certitude. Elle espérait au plus profond de son cœur que l'annonce ne lui soit pas faite brutalement et surtout qu'il encaisse les coups en douceur. Elle le connaissait trop bien, intègre et extrêmement sensible, il prenait tout à cœur et ne laissait rarement de place à la démesure ni à l'antipathie.

La jeune femme faisait les cent pas et en profita pour laver les trois tasses à café en attendant le retour de Will. La discussion résonnait sans cesse en elle. Pourtant, les pleurs du jeune homme révélait un sentiment plus fort que l'amitié. Ses agissements démontraient le contraire. Elle aurait souhaité lui apporter son soutien et sa présence, elle n'était plus très sûre que ce soit bon pour lui d'y aller seul et de faire face à cette vérité, que souvent les parents refoulent ou préfère que ce soit le fils du voisin, d'une amie ou d'une personne inconnue, mais pas le sien.

J'aurais dû l'accompagner ! Songea-t-elle. *S'il lui arrive quelque chose, je ne me le pardonnerai jamais. Mais qu'est-ce qui lui a pris à ce gosse de lâcher ça comme ça, aussi brutalement ?! Il aurait dû attendre le principal concerné ! Pourquoi je n'ai pas insisté !* Continua-t-elle. *Pourquoi je ne l'ai pas accompagné !*

Elle tournait en rond se posant une multitude de questions qui resta momentanément sans réponses.

Chapitre 13

Will arriva chez Steve. Il frappa à la porte. Mal fermée, elle s'ouvrit sous les coups. Il ne savait pas s'il pouvait entrer, appeler ou simplement attendre. Il appela, pas de réponse. Il poussa légèrement la porte et scruta l'intérieur. Il semblait n'y avoir personne. Il entra à pas de loup. Le silence régnait. Il ne put s'empêcher d'observer les cadres photos sur les murs et les meubles de la maison. Steve et son fils paraissaient vraiment très proches sur chacun d'eux. Il ravala sa salive, redoutant le pire. Steve apparut dans le hall d'entrée, les yeux gonflés par les larmes et le cœur lourd de chagrin.

- Que faites-vous ici ? Comment êtes-vous entré ?

Will ne l'avait pas entendu arriver, il sursauta.

- Excuse-moi, mais la porte était restée entrouverte, j'ai appelé et comme personne ne répondait, je me suis permis d'entrer.

Muet, Steve avançait en direction de la salle à manger où il prit place sur une chaise. Will en fit autant.

- Steve, je crois qu'il faut que nous ayons une petite conversation tous les deux.

Le jeune homme ne répondit pas, Will continuait.

- Il est important que l'on parle. Tout à l'heure, à la maison, tu as parlé d'amour entre toi et Marc. Je comprends qu'il y ait un attachement particulier, un lien très fort entre vous, mais de là à te mettre dans tous tes états, je ne comprends plus rien. Que tu me parles d'un sentiment fraternel, encore je veux bien, mais d'amour ! Explique-moi, j'ai du mal à suivre.

Steve leva la tête en direction de Will.

- Je pense au contraire que vous comprenez très bien et que vous refusez de voir la vérité en face.
- Mais ! La vérité sur quoi ? Je te le demande ! De quelle vérité me parles-tu, je t'écoute !

Will d'habitude impassible, sentit le feu lui monter aux joues et essaya de se maîtriser et de garder son calme. Après tout, pensa-t-il, il ne lui avait absolument rien fait. Il n'avait pas le droit de s'en prendre à lui de cette manière. Steve l'observa bouche bée ne sachant plus quoi dire. Une ombre mystérieuse planait au-dessus des deux hommes. Un sentiment qu'il n'arrivait pas à décrire et qui lui faisait peur. Il ne l'avait encore jamais vue dans cet état de nerfs et de colère.

- Steve, mon garçon, excuse-moi de m'être emporté, mais essaie de me comprendre. Tout cela est très confus pour moi mais surtout, je ne m'attendais pas à un comportement comme le sien envers la femme que j'aime. Tu devrais savoir, depuis le temps que tu me connais, qu'avec moi, il faut aller droit au but. Je ne suis pas un monstre, je n'ai encore jamais mangé personne.

Steve sourit un peu gauche et Will en fit autant.

- Allez mon garçon, je t'écoute !

Il ne savait pas par quoi commencer, mais surtout il ne savait pas comment le lui dire. Il préféra utiliser des mots simples mais craignait les représailles car Marc n'aurait sûrement pas voulu le dire à son père maintenant et de cette manière. Comme il disait souvent, il fallait attendre le bon moment et en aucun cas précipiter les choses.

- Je ne vais pas y aller par quatre chemins, commença-t-il. Votre fils et moi sommes en effet amoureux. Nous sommes amants depuis environ trois ans. Marc a toujours voulu attendre le bon moment pour vous en parler mais j'imagine qu'il craignait votre réaction ou qu'il ne voulait pas vous décevoir.

Will resta bouche bée. Il avait l'impression étrange que le monde s'arrêta de tourner petit à petit et qu'il entrait dans un espace intemporel. Un bruit sourd et creux résonnait dans ses oreilles. Aucun son réel n'arrivait à ses tympans. Le visage de

Steve, face au sien, semblait s'éloigner dans les profondeurs inconnues d'un monde irréel. Soudain, une voix lointaine, puis de plus en plus proche se faisait entendre.

Lorsqu'il revint à la réalité de ce monde, il aperçut le visage de Steve juste devant ses yeux, criant son nom et le secouant. Will réagit enfin. Ne sachant pas ce qui venait de se passer, il secoua la tête comme pour remettre en ordre tout ce qu'il y avait dedans.

- Will, Will ! Continuait Steve. Vous m'entendez ? Vous avez écouté ce que je vous ai dit ?

- Oui, j'entends ! Dit-il. Ne crie pas si fort, je ne suis pas sourd !

Steve ne comprit pas tout de suite ce qui venait de se passer. Il crut à un AVC (accident vasculaire cérébral). En état de choc, il avait complètement obstrué les mots qu'il venait d'entendre et n'avait pas souvenir de la conversation.

- Donc, reprit Will, sans conviction dans ses paroles, comme je te disais, j'aimerai bien que l'on discute un peu tous les deux.

- Mais ! Nous venons de le faire à l'instant, dit Steve en ne comprenant toujours pas ce qui se passait.

- Nous venons de discuter, dis-tu ?

- Oui à l'instant. Vous m'avez demandé la nature des rapports que j'entretenais avec votre fils.
- Je t'ai demandé quoi ?

Will ne se souvenait pas avoir discuté avec lui. Pourtant une sensation de déjà-vu ou de déjà vécu l'envahit. Il semblait connaître la réponse aux questions qu'il se posait. Au plus profond de son être, il fuyait cette vérité. Il essayait de se convaincre, avant de réaliser que tout était bien réel, qu'il avait imaginé les mots qui erraient dans sa tête. Tout se bousculait et paraissait confus.

- Vous venez de me demander... Mais que vous arrive-t-il ? Que se passe-t-il ? Ce que je vous ai dit vous a perturbé à ce point ?
- Perturbé ? Gronda Will. Pour commencer, tu m'apprends je ne sais trop quoi sur mon fils et tu me trouves perturbé ? Tu es là, à déblatérer un tas de choses infâmes à son sujet et tu voudrais que je ne sois pas perturbé. Je trouve ton impertinence et ton impudence à la limite du supportable.

Steve n'avait jamais vu Will dans cet état. Il était complètement sorti de ses gonds. L'expression de son visage s'était accentuée, les petites ridules qui faisaient son charme aux coins des yeux venaient de se creuser. L'air sévère, le regard sombre, Will prit conscience qu'il n'avait pas rêvé et que les mots qui ne cessaient de marteler son cerveau, étaient bien les mots que Steve venait de prononcer. Il les avait bien entendu. Bien que douloureuse, l'homosexualité de son fils était à présent une évidence. Il ne put s'empêcher de penser à Jamie et se dit qu'elle avait vu juste. Il ne voulait pas de cette vérité et jusqu'au dernier moment s'interdisait d'y croire. Comme tous les pères, il se demandait ce qu'il avait négligé dans son éducation, ce qu'il n'avait pas fait, toutes ces choses qu'il avait omis de lui dire. Il s'en voulait et se sentait coupable. Impuissant face à cette situation, il jeta un regard dur à Steve, comme s'il voulait le punir et lui faire comprendre sa déception ou son ressenti. Il partit de chez lui, sans rien dire. Il marchait l'air hagard, un peu au hasard. Il ne prit pas sa voiture pour rentrer. Une grande bouffée d'oxygène ne lui ferait pas de mal, pensait-il. Des questions sans réponses ne cessaient de s'interposer entre les mots de plus en plus précis dans son esprit. Le choc fut d'une violence telle qu'il eut du mal à s'en remettre. Il aurait souhaité tout entendre, même le pire. *Mais qu'y avait-il de pire que cela ?* S'interrogeait-il. *Qu'y avait-il de pire qu'un enfant homosexuel ?* Il marchait, sans destination précise et se posait sans cesse la même question. *Qu'y avait-il de pire que cela ?* Soudain il ne lui vint qu'une réponse qui le plongea dans de tristes souvenirs : « la mort ». Au plus profond de son être, il s'estimait heureux d'avoir un enfant en bonne santé et surtout en vie. Il repensa à la mère de Marc et fut ravi que le seul cadeau qu'elle lui laissa, fût son fils. Les larmes emplissaient ses yeux d'émotion et de chagrin. Le cœur lourd et léger à la fois, il fit demi-tour et repartit chez Steve. Il savait qu'il avait laissé le jeune garçon face à un dilemme, et que, sans aucune explication, il était devenu fugitif de la réalité. Il aurait aimé le rassurer, le prendre dans ses bras et lui dire que tout cela n'avait aucune importance à ses yeux, mais son éthique et son sens moral avait pris le dessus. Il décida donc d'aller le revoir et lui dire à quel point il se sentait stupide et qu'il avait eu un comportement immature.

Devant la porte de la maison, il mit cinq bonnes minutes avant de frapper. Il respira profondément. A peine eût-il repris son souffle que Steve ouvrit la porte. Le jeune homme ne lui adressa aucun mot. Il laissa la porte ouverte et se réfugia de nouveau sur le sofa, avec dans les bras, un coussin qu'il serra très fort. Will avait oublié que Steve était très sensible, depuis tout petit, il ne supportait ni les cris, ni les brimades. C'était un enfant tendre, plein d'émotions. Un enfant qui avait beaucoup souffert de la séparation de ses parents suivie de cet accident de voiture qui leur avait coûté la vie. Steve ne s'en remit jamais. Il était pourtant petit mais étant le seul rescapé, il culpabilisait et se sentait responsable. Une grande tendance à la solitude et un manque d'amour avaient uni les deux jeunes hommes et sans se parler, ils se comprenaient. Après avoir refermé la porte, il s'approcha de lui et constata à quel point il l'avait bouleversé.

- Steve, dit-il, je suis vraiment désolé pour toutes les choses que j'ai dites. Je te demande pardon d'avoir agi comme je l'ai fait avec toi. Je n'avais pas le droit de te parler ainsi.
- Ce n'est pas grave, je comprends.
- Mais si au contraire, continuait-il, c'est très grave. Jamais je n'aurai dû te parler comme je l'ai fait. Après tout ce n'est pas un crime. Même si tous les parents souhaitent que ça n'arrive qu'aux autres, il n'empêche que c'est de mon fils dont il s'agit et que je l'aime. Par conséquent, j'ai le devoir de respecter son choix, même si je n'y adhère pas. Tu comprends mon grand ? Dit-il en regardant Steve dans les yeux. Je n'ai pas le droit de te juger comme je l'ai fait. Vous êtes mes enfants et je vous aime tous les deux.

Étonné, le jeune homme ne comprenait pas ce revirement de situation. Quelques minutes plus tôt, il quitta un homme furieux, hors de lui et dans tous ses états, et maintenant, le même homme avec toute cette colère, cette haine et cette amertume en moins. Non pas que ce nouvel homme lui déplaise, mais bien au contraire, l'intriguait. Il se demandait ce qui avait pu le faire changer à ce point. Il n'osa pas le lui demander.

- Oui j'ai saisi. Donc, continuait Steve, ça ne vous gêne pas que votre fils et moi…
- Attention ! Je n'ai pas dit que je cautionnais votre histoire mais seulement que je respectais votre choix à tous les deux et je ne m'y opposerai pas.

Steve ne savait pas s'il devait interagir. Il se contenta de le remercier en poussant un soupir de soulagement.

- Je tenais juste à te dire, enchaîna Will, que tu es et seras toujours le bienvenu chez nous. Tu peux venir quand tu en auras envie même si Marc est absent, ma maison est, et sera toujours la tienne.

Il se sentait rassuré mais continuait à se demander ce qui s'était passé pour qu'il change à ce point. La transformation dont il était le seul témoin restera à jamais gravée en lui. Il avait reçu ses mots comme une gifle, une blessure dans son cœur et dans son corps, comme une marque au fer rouge. Il ne lui en voulait pas de s'être libéré en disant tout cela ou d'avoir réagi comme il l'avait fait, mais il espérait que cette blessure s'estompe avec le temps. Will se leva et le serra contre lui.

- Je vais rentrer, retourner auprès de Jamie. J'espère que nous te reverrons bientôt et, compte sur moi, dès que j'ai des nouvelles de Marc, je t'appelle de suite.

Will tourna les talons et partit. Il prit sa voiture et roula jusque chez lui. Au volant, il se mit à pleurer. Il n'arrivait plus à contenir ses émotions. Le cœur lourd, plein d'incompréhension, de doutes mélangés à de la colère, malgré son bon vouloir de comprendre la situation, il pleurait à chaudes larmes. Il prit le temps nécessaire pour se calmer avant de rentrer chez lui.

Jamie l'attendait, impatiente. Dès qu'une voiture passait dans l'allée, elle se ruait à la fenêtre en espérant le voir arriver. Mais à chaque fois, ce n'était pas lui. Elle commençait à se demander ce qui avait pu le retenir autant. Elle s'imaginait toutes sortes de choses et s'inquiétait sérieusement, quand, un bruit de clé se fit entendre. Elle se précipita et le vit entrer, elle lui sauta dans ses bras, le serrant tendrement. Will adorait cet accueil chaleureux et essaya tant bien que mal de dissimuler la colère qu'il avait au fond de lui mais surtout la tristesse.

- Qu'est-ce qui s'est passé mon amour ? Tu en as mis du temps. Steve n'était pas chez lui ?

- Je me suis absenté longtemps ? S'inquiétait-il ? Je suis parti depuis combien de temps ?

Jamie ne voulait pas qu'il se sente coupable de l'avoir laissé seule et sans nouvelles.

- Oh, je ne sais pas exactement, peut-être une heure ou deux, à vrai dire je n'ai pas regardé mais comme je t'attendais et que je ne savais pas ce qui se passait, j'ai trouvé le temps extrêmement long.
- Comme elle est mimi cette petite puce, elle s'ennuie et se languit de moi dès que je ne donne pas signe de vie, dit-il l'air moqueur.
- Monsieur peut se moquer, continuait-elle, vous êtes le premier à m'appeler lorsque je suis en retard.
- Qui ? Moi ? Jamais je ne ferai une chose pareille, ajouta-t-il en souriant. Viens dans mes bras mon amour, j'ai besoin de te serrer contre moi.

Sans rien dire, elle s'exécuta. Soudain, Will éclata en sanglots. Elle ne bougeait plus et le serra davantage contre elle.

- Mais, que t'arrive-t-il ? Chut... Calme-toi et raconte-moi ce qui s'est passé là-bas.

Il prit quelques minutes pour reprendre ses esprits avant de lui raconter textuellement ce que Steve lui avait confié. L'incompréhension qui l'envahissait mais surtout la peur de l'inconnu, de faire face à son fils ou de croiser son regard. Il ne saurait plus comment agir envers lui. Il lui avoua également qu'il ferait l'impossible pour continuer à l'aimer comme avant, mais il solliciterait son aide afin de gérer au quotidien la situation et d'y faire face. Il insistait sur le fait que ses amours, ses états d'âmes ne devraient jamais interférer dans la relation fusionnelle qu'ils avaient construit. Son fils était une partie de lui et rien ni personne ne détruirait cet amour qui les unissait tant.

Jamie sourit tendrement. Pour la première fois depuis qu'elle le connaissait, elle put admirer un homme d'une grande sensibilité et d'une incroyable douceur. En plus de s'interroger sur ses sentiments à l'égard de son fils, il se demandait aussi comment Marc réagirait en apprenant que son père connaissait la vérité. Jamie le rassura autant qu'une maman pouvait consoler son petit après une bêtise. Elle ne voulait pas qu'il y pense maintenant. Il aurait bien le temps d'improviser au moment venu.

Une douce pénombre commençait à noyer la baie et Jamie ne voulait pas qu'il reste à la maison, elle lui fit choisir un petit resto sympa où ils pourraient écouter de la musique sans pour cela entendre résonner le son des percussions dans leur tête. Il adhéra à l'idée de sortir. Voir du monde, prendre l'air, ne lui ferait pas de mal songea-t-il. Elle le laissa choisir le lieu et, sans hésiter, il opta pour leur premier restaurant, celui où il lui avait fait sa demande. Pour détendre l'atmosphère, elle demanda s'il fallait qu'elle s'habille comme au premier jour et si elle devait porter une tenue de circonstance. Il souriait puis riait.

- Chipie, dit-il, tu ne crois quand même pas que je vais te faire une nouvelle demande ce soir. Je le ferai sûrement mais le jour où tu t'y attendras le moins.

Il la prit par le bras et l'emmena dîner. Il semblait avoir oublié le reste du monde, enfin pour ce soir. D'une humeur égale à celle que Jamie connaissait, ils passaient une des plus agréables soirées. Forte en tendresse, en complicité mais surtout en amour. Comme à l'accoutumée, ils parlaient de tout et de rien, mais il ne resta concentré que sur la future femme de sa vie.

Chapitre 14

Le détective avait réussi à établir un premier contact et fit connaissance avec Marc. Il percevait ce jeune homme comme quelqu'un de très équilibré et de totalement inoffensif. Il préférait rester prudent car de par son expérience, les faits ont souvent démontré que la plupart des meurtriers ou kidnappeurs sont en général des gens à qui on donnerait le bon Dieu sans confession. Il gardait ses distances et devait préserver son identité.

Assis au bar du café qui faisait l'angle de la rue, il commanda un expresso en se frottant les mains. Le temps était glacial ce matin-là et M. Stills enfonça sa tête à l'intérieur de sa parka, couvrant au maximum ses oreilles. La serveuse déposa sur le comptoir la tasse qui fumait ainsi que des croissants et des pains au chocolat dans une petite niche qu'elle mit à sa disposition.

Les gens parlaient très fort les uns avec les autres, de sorte que si une personne souhaitait se concentrer, il ne le pouvait pas. M. Stills ouvrit son porte-documents. La serveuse le regardait, intriguée par ce petit bonhomme au regard sérieux et aux lunettes qui tenaient à peine en équilibre sur le bout de son nez.

Du haut de son mètre cinquante-deux, elle allait et venait de table en table. Ronde et pourtant légère dans ses gestes et sa démarche, elle travaillait sans relâche. Ses cheveux ébène noués en un chignon à peine soigné, simplement tenus par une pince en forme de baguette chinoise, laissaient deviner une sublime longueur. M. Stills l'observait tout en essayant de se concentrer sur son travail. Un sourire se formait au coin de ses lèvres. En la regardant marcher avec sa blouse et ses gros sabots blancs, il avait l'impression de voir une Schtroumpfette. Il ne te manque plus qu'un bonnet sur la tête, pensait-il.

Il mordillait son stylo placé entre les dents. Il étudiait minutieusement le dossier du jeune homme mais rien ne laissait apparaître qu'il pourrait un jour s'en prendre à qui que ce soit. Il lut et relu chaque note prise, chacune des conversations ainsi que le rapport qu'il avait établi la veille. Il s'empara de son téléphone portable et composa le numéro de Jamie. Plusieurs sonneries se firent entendre avant qu'elle ne décroche.

- Allo ? Dit la voix du détective.

- Oui ! Bonjour, répondit-elle un peu effacée. Vous allez bien ?

Elle appréhendait cet appel et en même temps l'attendait avec tant d'impatience.

- Quelles sont les nouvelles ? Reprit-elle.
- A vrai dire, continuait l'homme, je n'ai pas grand-chose à vous dire concernant Marc, mise à part que nous sommes devenus « amis » et que nous avons bu deux ou trois verres ensemble.
- Vous êtes quoi ? Devenu amis ? Vous croyez que je vous paie pour devenir son ami ? Protesta la jeune femme.

Il se sentit blessé par cette remarque et sur un ton encore plein d'amertume, enchaîna.

- Enfin, *ami* n'est peut-être pas le mot qu'il convient d'utiliser. Disons que nous avons quelque peu parlé, rien de plus.

Il la tenait en haleine, elle n'en pouvait plus d'attendre.

- Allez ! Dites-moi ce que vous avez appris, ne me faites pas languir davantage.
- Justement le problème est là, pour l'instant je n'ai rien de vraiment concret. J'ai pu constater que c'est un jeune homme de bonne famille et vraiment bien élevé.

- Alors cette arme ? Il l'a toujours en sa possession ? Il prend encore des cours de tir ?
- Oh là ! Calmez-vous madame, vous me posez toujours autant de questions à chacun de mes appels. Tout d'abord, je dois vous dire que je n'en suis pas à ma première affaire et que ce n'est pas un débutant que vous avez engagé. En ce qui concerne son arme, on n'en est pas sûr. Je ne l'ai jamais vu avec, ni avec le paquet d'ailleurs. Je ne suis pas encore assez proche de lui pour savoir s'il l'a acheté ou non. Par contre il prend régulièrement ses cours de tirs. Vous savez, à titre personnel, je ne crois pas qu'il faille s'alarmer plus que ça. Je pense en toute sincérité que c'est pour lui un hobby, rien de plus. Mais pas d'inquiétude, je continue mon enquête et je vous rappelle dans quelques jours.

Elle n'était pas du tout satisfaite ni rassuré par ce nouveau rapport.

- J'attends donc votre appel assez vite. Essayez, s'il vous plaît, d'en savoir un peu plus sur ce qu'il prévoit de faire ou de nous faire. Je dois vous confier que je reste effrayée.

Le détective avait l'habitude que ses clients s'en prennent à lui lorsque les réponses, qu'il leur fournissait, ne leur convenaient pas.

- Essayez de ne pas trop y penser Madame Baxton, je gère la situation, il ne vous arrivera rien. Vous pouvez compter sur moi.
- Merci et, encore désolé pour tout à l'heure. Je me suis emportée, je n'aurai pas dû, je sais que vous faites de votre mieux, excusez-moi.
- Ce n'est rien, n'y pensons plus. D'ailleurs j'ai déjà oublié. Passez une bonne journée, à bientôt.
- Au revoir, conclut-elle.

A peine le combiné raccroché, elle sombrait instantanément dans ses pensées.

Arrête de te faire du mal, ma pauvre idiote ! De toute façon il n'aime pas les femmes. Il essaie seulement de te faire souffrir en voulant t'éloigner de son père. Sois forte et résiste !

Monsieur Stills referma son porte-documents et demanda à la serveuse un autre café. Il avait terriblement froid. Il ressassait continuellement l'histoire de cette soi-disant arme.

- Merci, dit-il à la dame en tablier.

Son café sur le comptoir embuait ses lunettes. La porte tinta de ses petites clochettes accrochées au-dessus, signe qu'elle s'ouvrait. Il n'y prêta pas attention. Il continuait de se demander comment allait-il s'y prendre pour savoir si en effet ce jeune représentait un danger ou non. Une voix qu'il reconnut près de lui commanda un cappuccino. Il se tourna légèrement et aperçu Marc qui se tenait debout à ses flancs.

- Oh ! C'est vous M. ..., il cherchait son nom.
- M. Stills, enchaîna le détective.
- Vous allez bien ? Que faites-vous ici à une heure pareille ? Se demanda le jeune homme.

Marc esquissa un large sourire et attrapa sa grande tasse bien chaude qu'il serra entre ses mains pour se réchauffer.

- En fait je suis un lève-tôt, continuait le détective. Je ne supporte pas de rester au lit ni enfermé à la maison. J'essaie toujours de me trouver des choses à faire, des choses qui me plaisent. Tu as des hobbies toi ?

Le jeune homme se sentait bien, en confiance et commençait à apprécier la compagnie de ce petit homme trapu.

- Oui j'ai un hobby confie Marc. Je suis passionné d'armes à feux.
- Les armes à feux ? De quel genre d'armes ?

- Toutes, mais principalement les anciennes ou les plus rares.

Monsieur Stills continuait de se montrer intéressé. C'était pour lui l'occasion d'arriver à ses fins.

- Votre père doit être fier d'avoir un collectionneur ? Vous devez avoir de sacrés modèles !

- Mon père ? Il ne sait même pas que j'aime les armes. D'ailleurs il ne sait plus grand-chose sur moi. Continuait-il l'air triste. Et maintenant qu'il a une femme dans sa vie, je ne suis plus sa priorité.

M. Stills parut étonné par cette remarque. Il continuait malgré tout à le questionner subtilement.

- Votre père vous aime c'est certain. Et, vous avez une grande collection ?

- Non, pour tout vous dire, je commence seulement à rechercher des pièces rares. Je me suis beaucoup renseigné sur les endroits où je pourrai me les procurer et lorsque je trouve ce que je veux, j'y vais.

- Ah ! Et les recherches sont fructueuses ? Ça ne doit pas être facile de trouver ce genre de chose.

De plus en plus à l'aise avec Monsieur Stills, il parlait sans retenue. Son cappuccino était encore très chaud. Il avala une petite gorgée en prenant soin de ne pas se brûler la langue. Le détective en fit autant. Marc continuait car la conversation lui plaisait.

- Non ce n'est pas très dur, il y a internet et j'appelle aussi quelques armureries. Il est parfois nécessaire de les commander. Ce qui est bien, c'est qu'on n'a pas besoin d'un permis parce que ces armes sont hors d'usage, elles ne servent que pour la décoration.

Là M. Stills tenait l'information primordiale qu'il soupçonnait déjà. Marc était bien un collectionneur.

- Et en Italie, la pêche est bonne ? Continuait-il.

La serveuse leur demanda s'ils voulaient autre chose car son service s'arrêtait. Les deux hommes la remerciaient et tous les deux répondirent par la négative. Excité d'avoir trouvé quelqu'un à qui parler, le jeune homme continuait.

- Je viens d'acheter une pièce tout à fait exceptionnelle. Je suis sûr qu'elle n'a jamais été commercialisée. Je suis assez fier de ma trouvaille. Ça vous dirait de venir voir à quoi elle ressemble ? Questionna-t-il. Seulement si les armes vous intéressent.

Le détective se prit au jeu du jeune homme. Il sentait une forte envie d'exhiber son trophée.

- Oh oui, ça me plairait. Je ne suis pas aussi passionné que vous mais j'aime les belles choses comme tout le monde.

Marc était fou de joie, pour la première fois une personne qui lui était tout à fait étrangère s'intéressait à ce qu'il aimait, à ses passions mais aussi à lui. La dernière personne qui lui avait montré un peu d'estime fut son professeur de langue à l'université. Depuis, même son meilleur ami Steve, ne portait aucun intérêt à sa passion. Il se contentait juste d'être avec lui et de profiter de chaque instant présent. Il voulait lui dévoiler son engouement pour les armes mais le moment n'était jamais le bon. Pour l'instant, il avait une folle envie de dévoiler cette merveille à cet inconnu qui l'écoutait et s'intéressait à lui.

- Je suis à l'hôtel Florence, juste à côté, vous voulez voir à quoi elle ressemble ?

C'était une grande opportunité, il ne pouvait pas refuser cette offre. Il en profiterait pour observer comment et dans quelles conditions vivait Marc. Il établirait un nouveau rapport qu'il communiquerait ensuite à Jamie.

- Terminons nos cafés et allons-y ! Je suis curieux de pouvoir l'admirer.

Les deux hommes avalèrent leur café presque d'un seul trait. Monsieur Stills avait réglé sa note et celle du jeune homme en même temps. Il attrapa son porte-documents avec son journal et ils prirent la route.

Arrivés devant la porte de la chambre du jeune homme, le cœur du détective se mit à battre très fort. Non une peur qui s'installait en lui, mais une grande excitation. Steve précéda le détective et d'un pas plus rapide, se dirigea vers le chevet de son lit. Il ouvrit le second tiroir et en sortit un petit coffret de bois. Il s'installa sur son lit, un genou plié et avec une grande délicatesse ouvrit le couvercle.

Les yeux écarquillés et brillants du détective s'ouvrirent encore plus pour rester figés quelques secondes. L'arme était si petite. Marc la laissa dans son coffret et la tourna vers cet homme qui semblait manger du regard ce qu'il voyait.

- C'est merveilleux ! Dit Monsieur Stills sans oser la toucher.

- Comme je vous le disais, d'après moi elle n'a jamais été commercialisée. C'est pour ainsi dire une œuvre d'art.

- Mais de quel modèle s'agit-il ? Je n'en n'ai jamais vue de pareils.

- C'est le modèle APACHE crée par Dolne, un armurier inventeur qui résidait à Liège. Elle a été inventée entre 1855 et 1862. Il s'agit d'un poing américain, d'un revolver et d'un couteau. Le trois en un. Sa carcasse en maillechort est entièrement gravée de décor floral. C'est un 6 coups et un 7 mm à broche. Pour l'époque, c'était une très belle arme. En plus si vous observez bien, l'armurier y à inscrit ses initiales sur le barillet, dans le creux d'une cannelure, ce qui prouve de son authenticité. J'ai vraiment été séduit par cette œuvre. Elle m'a coûté très cher, mais il y a un vieil adage qui dit que lorsque l'on aime, on ne compte pas.

Monsieur Stills sentait que le jeune homme savait exactement de quoi il parlait. Il était désormais sûr qu'il avait en face de lui un grand collectionneur mais par-dessus tout un passionné d'armes. Son amour pour les armes s'écoutait dans ses mots. On aurait dit qu'il lisait un texte ou récitait une leçon tellement c'était fluide et plein de passion. Il connaissait son arme sous toutes les coutures.

- Je suis réellement impressionné, ajouta le détective. A votre âge, aimer ce genre d'objet et en savoir autant, il y a de quoi être fier de vous.

- Merci, c'est gentil. Vous savez, je n'ai jamais confié à qui que ce soit, mon goût prononcé pour les armes. Vous êtes indubitablement le premier. Et puis, les gens ne comprendraient pas et porteraient des jugements sans savoir.

Monsieur Stills était ravi et en même temps étonné.

- Je trouve que vous devriez en parler à vos proches afin qu'ils vous soutiennent dans vos recherches et puissent échanger avec vous leurs idées ou leur savoir.

Marc paraissait dubitatif et n'était pas prêt à leur dire. Il chérissait son jardin secret, un jardin que personne ne pourrait explorer sans son accord.

- Je le ferai, mais seulement lorsque je trouverai le moment opportun.
- Vous me semblez avoir la tête correctement vissée sur les épaules jeune homme et je sais que vous trouverez le bon moment.

Il regarda sa montre et s'aperçut que le temps venait de passer à une vitesse folle. Il le remercia pour son chaleureux accueil et, tout en lui disant au revoir, ils se dirent à bientôt. Il partit et ferma la porte derrière lui. Le jeune homme remit la boite délicatement à sa place. Ses yeux brillaient de mille feux. Il venait de partager sa passion avec un homme qui l'avait juste écouté et admiré. Il se laissa tomber à la renverse sur son lit, la tête pleine d'étoiles.

Chapitre 15

Le téléphone se mit à sonner pour la première fois depuis plusieurs jours. Jamie décrocha. Elle espérait entendre la voix de M. Stills, le détective car cela faisait maintenant plusieurs jours qu'il n'avait pas donné signe de vie.

- Allo ? Je commençais à m'impatienter, ça fait longtemps que vous ne m'avez pas appelé ! Dit-elle persuadée de connaître son interlocuteur.

- Oui en effet, j'ai souffert aussi de cette longue absence, mais ne t'inquiète pas mon amour je serai près de toi dès demain et nous rattraperons le temps perdu.

Jamie devint toute blanche comme si elle avait vu ou plutôt entendu un fantôme. La main tremblante, elle raccrocha le combiné et recula d'un pas. Son cœur se serra très fort dans sa poitrine et malgré ce qu'elle avait appris sur Marc, la peur se fit présente. L'esprit confus, elle ne savait plus qui prévenir en premier, Steve ou Will. Elle resta immobile près du téléphone, espérant qu'il sonne de nouveau pour lui annoncer qu'il s'agissait d'une blague. Mais rien de cela ne se passa. Elle avait bien reconnu la voix de Marc. Jamie respirait lentement et profondément puis composa le numéro de Will. Lorsqu'il décrocha, les mots de la jeune femme se mélangèrent comme s'ils ne trouvaient plus leur place dans la phrase qu'elle essayait de dire.

- Que t'arrive-t-il ma puce ? Qu'y a-t-il ?
- Je... J'ai... Enfin, le téléphone... Marc ! Essayait-elle de dire la voix tremblante et le cœur haletant.
- Je ne comprends pas ce que tu dis, veux-tu que je vienne maintenant ? S'inquiéta-t-il ?

Elle inspirait, respirait profondément pendant quelques secondes et lorsqu'elle eut retrouvé ses esprits, elle reprit le combiné.

- Non, ne rentre pas, c'est inutile, c'est que... Dit-elle encore hésitante, je viens de recevoir un appel de Marc et ça m'a fait froid dans le dos.

Elle lui expliqua exactement comment la conversation avait débuté et quels ont été les mots de Marc. Will ne fut pas surpris car, même s'ils avaient appris la vérité sur sa vie intime, il n'en restait pas moins que Marc ignorait ce fait. N'étant pas rentré d'Italie, il était loin de se douter que Steve avait trahi leur secret.

- Qu'allons-nous faire ? Surenchérit Jamie.

- Ne t'inquiète pas mon ange. Pour le moment, nous allons jouer son jeu et attendre son retour. Nous lui apprendrons ensuite ce que nous savons.

Tout ceci ne la rassura pas, mais elle lui faisait confiance.

- Il t'a donné la date ou l'heure de son retour ? Interrogea Will.
- Pas exactement, continuait-elle, il a seulement dit qu'il serait là demain.
- Demain ? C'est tôt ! Bon, nous l'attendrons ensemble si tu veux. Je vais prendre ma journée.
- Oh non, tu n'as pas besoin de prendre ta journée pour ça ! Et puis demain je ne serai pas à la maison non plus, j'ai beaucoup de travail. Mais je te remercie de l'avoir proposé. J'apprécie vraiment mon amour.
- Je ne vais pas rentrer tard. A tout à l'heure ma puce, conclut-il avant de raccrocher.

Elle posa le combiné et ses pensées se tournaient maintenant vers Steve. Devait-elle lui dire que Marc venait d'appeler ou au contraire fallait-il attendre le retour de Will. Elle ne savait plus quoi faire. Elle préféra, pour le moment, faire le vide dans son esprit et mettre un peu d'ordre dans la maison. Le volume de la minichaîne avait atteint le numéro huit et dans toute la maison, une douce mélodie entraînante résonnait.

Elle aspirait, frottait, nettoyait et arrivait même à fredonner un son presque inaudible. Elle monta et mit de l'ordre dans leur chambre à coucher, nettoya la salle de bain et, en passant devant la chambre de Marc, fut envahie par un terrible frisson. Elle se reprocha presque de ressentir cela, car elle savait mais surtout se doutait qu'il ne pouvait pas leur faire de mal. Il souffrait d'un manque maternel et jalousait son père ou plutôt lui en voulait d'être heureux avec une autre femme que sa mère. Ce sentiment, elle pouvait le comprendre, elle pouvait aussi l'aider à évacuer toute cette colère qui s'était installée en lui, si seulement il apprenait à la connaître et lui faire confiance. Il était devenu depuis toutes ces années un être frêle, dénué de tout repère et surtout à l'affût du moindre bonheur. C'était un jeune homme vraiment très gentil mais aussi très fragile, pensait-elle. On aurait dit un funambule en équilibre sur le fil de la vie. La comparaison était bien réelle.

La sonnerie de la porte la fit sursauter et son cœur cognait déjà très fort dans sa poitrine. Elle ne s'était pas rendue compte qu'il était si tard. Elle se précipita et alla regarder à la porte tout en se demandant qui elle y trouverait. Son visage s'illumina à la vue de Will.

- Quel bonheur de te voir mon amour ! Dit-elle en lui sautant presque dans les bras.
- Ce bonheur est partagé ma puce.

Will avait préféré rentrer plus tôt car il se doutait qu'elle ne voudrait pas rester seule trop longtemps. Il avait appris, grâce à elle, à ressentir et pouvoir déterminer les différents aspects d'une personne, à ses comportements, à ses mots et surtout à son attitude.

- Tu es rentré super tôt ? J'espère que ce n'est pas à cause de moi, dit-elle sans convictions.
- Non, bien sûr que non ! J'avais fini mon travail et j'avais surtout très envie d'être avec toi.

La jeune femme se doutait qu'il était rentré tôt pour elle mais cela lui plaisait car elle n'avait pas envie de solitude ce soir. Elle se hâta dans la cuisine pour lui préparer un bon dîner pendant que Will passait sous la douche. Quand il en sortit, tout était fin prêt, le repas, la table et même les chandelles qui ornaient le tout en un filet de lumière voilé.

- Wouah ! Je suis impressionné, tu as eu le temps de faire tout ça pour moi ?
- Ah non ! Dit-elle, pas pour toi mais pour nous. C'est l'improvisation de notre dernier dîner à la maison en tête à tête, ajouta-t-elle en tournant les talons.

Will comprit alors à quel point elle souffrait du retour de Marc. Elle revint de la cuisine avec une bonne bouteille de vin et prit place près de lui. Il se chargea du service. Le voir en serveur lui procurait beaucoup de plaisir et l'amusait.

- Alors, commença-t-il. Que t'a-t-il dit exactement ce matin ?
- Pas grand-chose en fait, qu'il arriverait demain et que je lui manquais énormément.

Jusque-là Will ne trouva rien d'alarmant.

- Il a précisé son heure d'arrivée ?
- Non du tout. Il m'a seulement dit qu'il serait près de moi demain.

En écoutant ses propres paroles, son cœur se mit à s'emballer dans sa poitrine. Il perçut son inquiétude.

- Ne t'inquiète pas mon amour, de toute façon j'ai pris ma journée de demain. Mais si tu as trop de travail, tu peux y aller, je serais là à son arrivée.
- Tu es un mari formidable, tu sais.
- Oui je sais, opina fièrement Will.

Il s'amusait de tous ces compliments et avait l'impression, grâce à elle, de vivre à nouveau, d'avoir une seconde chance d'être heureux. Ils finirent de dîner et Jamie proposa de monter. Will alluma la télé et en peu de temps elle s'endormit devant le film.

La tête dans les nuages, il se demandait comment il allait pouvoir aborder le sujet avec son fils. *Il est maintenant temps d'y penser, tu ne crois pas ?* Se dit-il intérieurement. Et comme Jamie, il finit par s'endormir.

Le réveil sonna. Six heures. Ce matin, une impression étrange s'empara d'elle. Son corps totalement engourdi refusait le moindre effort, comme si elle venait d'effectuer un marathon. Elle se força pour rejoindre la douche qui n'aspirait qu'à lui offrir la chaleur et la douceur de son eau contre sa peau endolorie. Une vapeur s'échappait au-dessus du rideau de douche. On pouvait observer et deviner au travers, un corps parfaitement sculpté et une silhouette de rêve. Le jet presque brûlant frappait sa nuque pour venir couler le long de son dos, de ses fesses, de ses jambes et finir par se jeter dans le siphon.

Will n'avait pas entendu le réveil sonner. Jamie prépara le café, monta lui dire au revoir et s'en alla pour le bureau ou une demi-douzaine de clients lui rendrait visite. Son unique préoccupation était de ne pas croiser Marc. Un avion passait au-dessus d'elle. Levant la tête, elle pria pour qu'il soit dedans comme ça elle n'aurait pas à le voir ce matin. Elle redoutait également qu'il ne vienne directement au bureau.

De son côté, Will se leva. Il prit son petit-déjeuner et mit un peu d'ordre dans la maison. Il attendait son fils. Il espérait un coup de fil lui demandant d'aller le chercher à l'aéroport.

Mais rien, pas d'appel. Il tournait en rond, regarda sa montre et aperçu avec étonnement que l'heure du déjeuner venait de passer et que la pendule amorçait déjà presque quatorze heures. Soudain, il entendit cogner à la porte.

Une grande joie pouvait se lire sur ses lèvres. Persuadé que c'était lui, il courut pour lui ouvrir.

- Enfin, tu es là mon fils. Si tu savais comme tu m'as manqué. Tu aurais dû m'appeler, je serai venu te chercher à l'aéroport.

- Bonjour 'pa. Tu m'as aussi beaucoup manqué, même si je ne suis parti longtemps. Mais tu es seul ?! Jamie n'est pas avec toi ?

- Non, elle avait plusieurs rendez-vous qu'elle ne pouvait pas déplacer.

Ils se serrèrent l'un contre l'autre et Will se surprit une petite larme à l'œil.

- Oh non ! Tu ne vas quand même pas pleurer, ironisa Marc.

- Je suis vraiment heureux de te voir, tu sais. Viens, assieds-toi. Tu as faim ? Tu veux manger quelque chose ? Je suis sûr que tu dois mourir de faim.

- Non, ça va aller, je suis exténué par le voyage.

- Allez ! Raconte, je veux tout savoir. Comment s'est passé ton séjour ? Tu as fait des connaissances ? Tu t'es bien amusé ? Je suis impatient de tout savoir mon fils.

Il n'avait pas l'intention de tout lui dire et n'était pas prêt à lui dévoiler sa passion cachée.

- Oui, j'ai rencontré des jeunes de mon âge, nous avons passé de bons moments. En fait, je trouve que ça m'a fait du bien de partir quelques jours de la maison.
- C'est vrai, c'est important et puis mon grand à vingt-six ans, ce n'est pas rien ! Il faut aussi que tu commences à penser à toi, à tes envies.

Marc éprouvait un bonheur incommensurable d'être revenu. Il n'expliquait pas encore sa joie. Il sentait de nouveau l'odeur de sa maison, retrouvait sa chambre mais surtout se sentait chez lui.

- Tu ne veux vraiment rien manger ? Insistait Will en contemplant le ravissement de son fils.
- Non, j'ai pas faim merci. Je vais aller dans ma chambre, défaire mes valises. Je suis vraiment heureux d'être rentré, continuait Marc sans se rendre compte qu'il se répétait.

Il était pressé de revoir sa chambre, retrouver son univers à lui. Tout était resté au même endroit, rien n'avait bougé. Il constata avec plaisir que même le ménage était fait.

- Tu devrais en profiter pour te reposer ou te détendre dans un bain bien chaud. Lorsque Jamie sera là, tu nous raconteras ton voyage.

Marc le remercia et monta. Will s'empara du téléphone et invita Steve à se joindre à eux pour le repas en l'honneur du retour de son fils. Il appela également Jamie pour l'informer que Marc était à la maison. N'arrivant pas à la joindre, il laissa le message à Linda, sa secrétaire.

Les préparatifs du dîner commençaient à prendre forme. Il confectionna tout d'abord une belle quiche aux lardons, puis avec ce qu'il trouva dans le réfrigérateur, réalisa des papillotes de saumon accompagnées de divers petits légumes frais. Pour le dessert, il opta pour un magnifique far aux pruneaux, son dessert préféré. Il ne lui restait plus qu'à dresser la table pour quatre. Tout était prêt, il attendait l'arrivée de ses hôtes.

Marc montra le bout de son nez en premier comme réveillé par cette bonne odeur qui se nicha au creux de ses narines. Jamie, elle, n'avait pas appelé. Will ne savait pas à quelle heure elle devait rentrer. Le jeune homme montra sa stupéfaction en constatant qu'il y avait quatre couverts de mis sur la table.

- Comme ça sent bon ! Fit-il. Nous avons de la compagnie pour le dîner ?

Will fit mine de ne pas avoir entendu. Il répéta de nouveau.

- Tu as invité quelqu'un à se joindre à nous ce soir ? C'est qui ?

- C'est une surprise mon fils. Tu verras.

Le jeune homme s'interrogeait sur cet invité mystère. Will ne lui prêta que très peu d'attention et continuait ses derniers préparatifs qui prenaient formes au fil du temps.

La sonnerie de la porte retentit et Marc s'empressa d'ouvrir. Sa main tremblait avant de se poser sur la poignée de la porte. Il était nerveux. Il tourna la poignée et découvrit Steve qui se tenait face à lui avec un sourire épanoui. Il avançait les bras grands ouverts pour serrer son ami contre lui et Marc fit un pas en arrière. Lui aussi était très heureux de le voir, mais la discrétion sur leur relation devait encore régner en ce lieu.

- Marc ! Ça va ? Tu m'as manqué. Pourquoi es-tu parti comme ça, comme un voleur ? Je ne t'ai rien fait mon chou. Allez, raconte, tu as fait quoi en Italie ?

Steve ne prêtait aucune attention à Will.

- Ne m'appelle pas comme ça ici… Mon père… Enfin, c'est risqué tu le sais.

Marc ne comprenait toujours pas pourquoi Steve était là. Il soupçonnait son père de l'avoir prévenu de son retour.

- Mais ! Que fais-tu là ce soir ? Mon père a organisé un dîner de famille et je pense que tu n'as pas choisi le bon moment pour venir nous rendre visite.
- Oui je sais et il m'a invité. Tu n'as pas l'air content de me voir ? On dirait que je te gêne ?

Le jeune homme n'était pas ravi c'est vrai. Il préférait que son attirance pour Steve reste secrète. Il ne voulait pas blesser son père ni le faire souffrir.

- Pourquoi dis-tu ça, Bien sûr que ça me fait plaisir de te voir. Et puis… Laisse-moi te regarder… Mais tu as maigri. Tu es souffrant ? T'as des soucis ?

Steve souriait, ravi que Marc ait remarqué un détail qui pour lui fut sans importance, il restait béa et savait au plus profond de son cœur que son ami n'avait aucune attirance pour Jamie. Il commençait même à se demander si la jeune femme n'avait pas inventé tout cela.

- Non, je ne suis pas malade, mais je constate avec plaisir que tu t'intéresses encore à moi.

Marc ne comprenait pas la remarque qu'il venait de faire.

- Je m'intéresse toujours à toi, tu le sais. Mais dans cette maison, nous devons protéger mon père. Tu comprends ? Dit-il en passant son bras autour des épaules du jeune homme.

- Ah, je vois que les retrouvailles sont toujours aussi émouvantes, intervient Will. Ça fait plaisir de vous revoir ensemble.

Marc voulait lâcher l'épaule de son ami, mais cela aurait paru suspect. Will serra la main de Steve et leur servit un apéritif avant de dîner, en attendant Jamie, qui comme à son habitude, se faisait attendre.

Vingt heures venaient de sonner sur la grosse horloge du salon. La jeune femme n'avait pas téléphoné et Will se doutait qu'elle appréhendait ce face-à-face avec Marc.

- Dis 'pa, Jamie doit arriver quand ? Elle n'a pas dit à quelle heure elle rentrait ?
- Non, mais elle ne va pas tarder, je sais qu'elle avait pas mal de boulot aujourd'hui.

Il avait à peine fini sa phrase qu'elle rentrait.

- J'ai l'impression qu'on parle de moi ?
- Ah ! Te voilà mon amour dit Will en la serrant contre lui. Marc s'impatientait et je lui disais que tu allais bientôt arriver.

Ça ne m'étonne pas ! Tu vas me faire quoi encore ? Se dit-elle intérieurement.

- Marc ? Quel plaisir de te voir ! Dit-elle hypocritement en restant blotti contre Will.

Marc s'approcha et attendait qu'elle l'enlace et le serre contre elle. Ce qu'elle fit sans s'écarter de Will.

- Moi aussi je suis heureux de te voir Jamie.

Le jeune homme employa un ton qu'elle ne lui connaissait pas. Il parlait en toute sincérité, son plaisir semblait réel et cela se voyait. La présence de Steve en était sûrement la raison.

- Bon ! Si vous le voulez bien, nous sommes au complet et nous pouvons passer à table.

Dans un silence presque anormal, chacun trouva sa place et elles semblaient leur convenir. Will déposa les plats sur la table et fit le service.

- Alors Marc, demanda la jeune femme. Comment se sont passées tes vacances ? Tu as visité des lieux, fait des rencontres ? Raconte-nous.

Elle savait qu'il n'avait pas fait le tour de la ville et que la plupart de ses journées, il les avait passées dans sa chambre d'hôtel.

- J'ai rencontré des jeunes de mon âge, nous avons passé des soirées très sympas. Je n'ai quasiment pas dormi de toutes mes vacances tellement je me suis éclaté.

Steve commençait à devenir jaloux par les descriptions de son compagnon.

- Vous savez, les visites, il y en a de belles à faire, mais pour être franc, je n'ai pas eu beaucoup de temps. Par contre, mon hôtel se situait en plein cœur du centre-ville et je bénéficiais de tous les moyens de transports. La journée, je sortais peu, mais je trouve la ville encore plus belle la nuit avec toutes ses lumières et cette vie. J'ai été très surpris de voir qu'il y avait autant de monde dans les rues, la nuit comme le jour.

Il s'exprimait comme un enfant qui venait de faire une grande découverte. Il parlait si naturellement et si franchement jusqu'au moment où il posa ses yeux sur Jamie et lui fit un clin d'œil qui ne fut remarqué par personne. La jeune femme se sentait mal et voulait riposter. Impossible car, lorsque Will avait prévu son dîner en famille, il leur avait demandé de ne parler de rien et surtout d'éviter tous sujets en rapport avec Marc. Elle respecta donc son choix. Steve essaya, à plusieurs reprises, d'attirer l'attention de son ami et lui fit du pied sous la table. A son grand regret, il s'aperçut qu'il n'était plus aussi réceptif, aucun retour d'affection. Il n'insista pas et continua de l'écouter.

Dans un confort et une harmonie égale à celle d'autrefois, le dîner prit fin et Marc harassé par le voyage, monta se coucher en souhaitant une agréable nuit à chacun.

Jamie en fit autant et Will la rejoignit après avoir raccompagné Steve à la porte.

- Comme convenu, n'oublie pas, c'est demain qu'à lieux notre réunion de famille. Nous pourrons enfin tout lui dire. Allez, va vite te reposer mon grand.
- OK, à demain. Bonne nuit.

Il ferma la porte et monta se coucher près de Jamie qui avait déjà rejoint les bras de Morphée.

Chapitre 16

Le soleil flirtait avec les persiennes de la chambre laissant filtrer quelques rayons timides. La jeune femme s'étirait et s'étonnait de s'être endormie si vite la nuit dernière. Will imitait ses gestes et s'étirait aussi.

- Tu as bien dormi mon ange ? S'inquiétait-il.
- Oui très bien. Quand je m'endors dans tes bras, ma nuit est merveilleuse. Et toi ? Tu as bien dormi ?

Il opina de la tête en direction de la jeune femme et répondit par la positive. Il en profita pour lui rappeler qu'à son retour du tribunal, ils auraient une petite réunion de famille et qu'ils mettraient les choses à plat avec Marc. Il la serra contre lui en lui promettant que de nouveaux jours s'offriraient à elle une fois débarrassé des menaces de son fils. Il la pria de ne pas rentrer trop tard car il fallait battre le fer tant qu'il était chaud. Elle souriait timidement. Un nœud commença à se former au niveau de son estomac. Elle n'arrivait pas à avaler son petit-déjeuner. Will la rassura tant qu'il le pouvait avant qu'elle ne parte.

Marc qui descendait surprit une bribe de conversation. Il n'arrivait pas à en interpréter le sens. Il questionna son père qui lui apprit qu'aujourd'hui il organiserait une réunion de famille, comme il aimait le faire à l'accoutumée. Il insista sur sa présence. Le jeune homme ne fit aucune objection car comme son père, il appréciait de se retrouver en famille et pouvoir partager un maximum de choses ou d'émotions. Will lui avoua que Steve se joindrait à eux.

- Steve ? Questionna Marc surpris.
- Oui, Steve ton ami. Tu sais, tu lui as tellement manqué pendant ton séjour et puis c'est un garçon que j'ai vu grandir en même temps que toi, je le considère un peu comme de la famille.

Si seulement tu savais, tu ne dirais pas ça ! Songeait-il.

- OK, il n'y a pas de soucis pour moi, dit Marc.

Il esquissa un bref sourire et se servit son café.

- Tiens ! Tu bois du café maintenant ?
- Ça fait longtemps, continuait Marc. On déjeunait rarement ensemble le matin, tu ne me voyais pas.
- Ce n'était pas un reproche, ajouta Will, mais une agréable surprise.

Marc avala son café sans lever les yeux de son mug.

- Dis mon fils, surenchérit-il. J'ai l'impression qu'il y a quelque chose qui ne va pas. Je me trompe ? Aurais-tu des problèmes ? Des choses que tu aimerais me faire partager ?

Lejeune homme resta silencieux un instant et répondit.

- Non je n'ai pas de problèmes, pourquoi tu me poses cette question ?
- Uniquement parce qu'en te voyant je te trouve un peu distant mais surtout pensif. S'il y a quelque chose, tu m'entends, n'importe quoi qui t'embête tu dois me le dire et nous y ferons face ensemble. Nous devons plus que jamais être unis tous les deux. Je n'ai que toi mon fils, conclut-il.
- Et Jamie ! Tu l'oublies ?
- Jamie ? Mais Jamie ce n'est pas pareil, elle ne pourra jamais être ta mère, même si elle le souhaitait plus que tout, c'est impossible ! Nous deux, nous sommes les membres d'une réelle famille et quant à Jamie ce n'est qu'un élément rapporté à cette famille, elle est la femme que j'aime et elle ne s'immiscera jamais entre nous deux. Elle est unique bien sûr, elle partage ma vie, me rend heureux, me fait rire et je l'aime à un point que je ne pourrai t'expliquer. D'ailleurs il n'y a pas de mots assez puissants pour qualifier mon amour pour elle. Tout cela est primordial pour moi mais

n'aie jamais aucune inquiétude par rapport à elle, son seul souhait c'est ton bonheur autant que le mien.

Marc, soulagé par les mots de son père, sourit.

- Veux-tu qu'on aille se promener au bord de la mer comme autrefois ? Proposa Will.
- Oh oui ! Ça peut me faire que du bien.

Ils enfilèrent leur veste et prirent la voiture. Will roulait en direction de la baie où la vue le laissait indubitablement rêveur. Il regardait son fils et pouvait lire en lui comme dans un livre ouvert ou la chute de l'histoire restait cachée et attendait de surprendre. Il pensait avoir tout appris sur son fils même l'impensable mais il craignait encore le pire.

Après avoir roulé quelques kilomètres, ils s'installèrent à la terrasse d'un café qui faisait face à cette étendue d'eau turquoise. Marc se détendait et laissait entrevoir toute la gentillesse qui demeurait au fond de lui. Les bateaux qui dansaient sur l'eau lui rappelait ces instants magiques et complices qu'il partageait avec son père lorsqu'il était tout jeune.

Un verre de cidre doux et une part de tarte aux pommes avec de la crème chantilly comblaient le manque de conversation entre les deux hommes. Will rêveur, admirait le paysage et Marc l'imitait.

- Si tu as froid ou si tu veux rentrer, tu me le dis et on y va.

Le jeune homme, perdu dans ses pensées n'avait pas entendu son père. Will agita sa main devant son visage à plusieurs reprises.

- Eh ! Oh ! Tu m'entends ?

Le jeune homme réagit enfin.

- Euh… Oui ?
- Bah, alors ? Tu es où ? Ce qui est sûr c'est que tu n'étais plus avec moi.
- Si pourquoi ? Je pensais juste à nous, à toutes les fois où tu m'emmenais ici.
- A vrai dire, je pensais à la même chose que toi en arrivant.
- C'est étrange comme les souvenirs remontent à la surface juste en reproduisant des gestes oubliés. Le jeune homme appréciait ce moment qui lui semblait perdu dans le dédale de leur quotidien. La saveur alliée au bonheur lui apportait une grande satisfaction et il en profitait pleinement car il entretenait avec son père une relation fusionnelle.

- Oui, c'est étrange, continuait Will. Mais tellement bon.

Le père et le fils passaient l'après-midi à se remémorer un tas de bons souvenirs. Will mit, malgré lui, un terme à leur petite excursion car l'heure de la réunion approchait et il ne pouvait pas se permettre d'être en retard. Devant la porte Steve attendait déjà.

- Eh ! Marc ! Appela le jeune homme. Ça va ? Tu étais passé où ?
- Je faisais un tour avec mon père et crois moi la balade en valait la peine.

Will ravi par le bonheur de son fils sourit.

- Bonjour Steve. Comment vas-tu ? Ça fait longtemps que tu es là ? Lança-t-il.
- Non, je viens d'arriver à la minute.
- Allez, ne restez pas devant la porte tous les deux, entrez !

Les jeunes s'exécutèrent et Will les suivait. Derrière eux, la porte s'ouvrit de nouveau pour laisser entrer Jamie.

- Ah, te voilà ma chérie, dit Will en se tournant. Nous sommes au complet. Il ne manquait plus que toi.
- Bonjour, vous êtes tous là ? Je suis la dernière ?

- Oh, ne t'inquiète pas reprit Will, nous venons juste d'arriver.

Ils prirent place sur le sofa et Jamie apporta des boissons.

- Bon ! Commença Will. Il fallait que l'on se voie car il y a bien longtemps que je n'avais pas organisé ce genre de petite réunion. C'est très important pour moi surtout qu'il y a eu beaucoup de changement dans cette famille et on en profitera pour mettre certaines choses sur la table et en débattre.

Trois paires d'yeux rivés sur lui, ils restaient silencieux. Will prit place près de sa future femme et main dans la main, il commença.

- Tout d'abord, je vais laisser nos deux jeunes s'exprimer. Si vous avez des remarques ou des aveux ou n'importe quoi d'autre à nous dire, on vous écoute.

Il se tourna vers Marc.

- Tu sais comment se passent nos réunions fiston, alors si tu veux commencer, n'hésites pas.

Marc tourna les yeux vers son ami qui était assis à ses flancs et fronça les sourcils comme pour l'interdire de parler.

- Non, moi je ne vois rien, dit enfin Marc.

- Depuis tout ce temps, il n'y a rien que tu souhaiterais partager avec nous. Même une chose banale, on est là pour échanger tu sais.
- Oui je le sais, mais il est vrai que je ne vois rien à échanger pour le moment.
- Ok, j'en prends note.
- Et toi Steve ? Enchaîna-t-il.

Le jeune homme ne savait pas s'il devait en parler ou attendre que Will le fasse. Il préféra se taire.

- Moi non plus, je ne vois rien à dire.
- Bon alors, je vais commencer puisque personne ne veut commencer.

Il se leva et prit la parole.

- Avant tout, ce qui me paraît important, c'est de vous annoncer mon mariage avec Jamie. Je lui ai fait ma demande et elle a accepté. Nous n'avons pas fixé de date pour le moment mais nous faisons tout pour que ce soit proche.

Marc se cala dans le sofa et écoutait l'air détaché. Will continuait.

- Par contre, il y a une chose que je tenais à vous dire et qui ne me plaît pas du tout. J'ai appris que Jamie se faisait harceler au téléphone.

Marc rougit de colère, il ne pensait pas qu'elle lui en aurait parlé. Il ne pipe pas un mot.

- Ce que je trouve très moche, insista-t-il, c'est que cette personne lui est proche et qu'elle est ici en ce moment avec nous.

Personne ne réagissait à ses paroles. Marc, très calme fit mine d'ignorer son père. Il insista en le regardant.

- Marc, s'il te plaît, j'aimerai que tu me dises pourquoi tu t'acharnes à harceler continuellement Jamie. Cela devient pénible et très dur à supporter pour elle. Tu sais, elle a passé des jours et des nuits à angoisser à chaque fois que son portable sonnait.

- Moi !? J'ai fait quoi !? Jappa le jeune homme. Je ne sais même pas de quoi tu me parles ! Et puis si ça se trouve, elle affabule pour me chasser de la maison et pouvoir rester seule avec toi.

- Non, s'exclama Will. Je connais très bien Jamie et je suis sûr qu'elle ne peut pas mentir, surtout pas pour une chose aussi grave !

Will n'arrivait plus à cerner son fils, il devenait un étranger à ses yeux. Jamie profita de quelques secondes silencieuses pour lui apprendre qu'elle l'avait mis sur écoute et engagé un détective privé pour le suivre. Les sourcils foncés, Marc se fâcha intérieurement. Elle lui avoua également posséder des enregistrements compromettants pour lui, où on l'entendait parfaitement la menacer et la harceler. Il ne dit rien. Il préféra le silence.

- Je ne comprends pas mon fils, intervient Will, je t'ai fait du mal ou J'ai fait quelque chose qui t'a blessé ? Tu dois tout me dire, tu entends ?

- Mais non, pas du tout, je ne comprends même pas ce que vous dites.

- Arrête ! S'il te plaît. Je suis sûr du contraire. Mais explique-moi, ton petit ami est là proche de toi, et tu oses lui faire ça ? Nous sommes au courant de ton homosexualité mon garçon et à vrai dire, tu n'as aucune raison d'en avoir honte. Il est vrai que cela m'a choqué et je ne m'y attendais pas, mais tu es mon fils et tu aurais dû m'en parler avant que je ne l'apprenne par une tierce personne. Ce que je n'arrive pas à saisir, c'est pourquoi tu fais autant de mal à Jamie ? Elle ne t'a rien fait que je sache !

- Mais de quoi tu me parles ? Et qui t'a dit que j'étais homo ? C'est n'importe quoi !

Le jeune homme se mit à pleurer. Steve lui prit la main mais il la lâcha âprement et courut vers sa chambre. Will se leva pour le suivre mais Jamie l'en dissuada.

- Tu sais ma chérie, si je n'avais pas autant confiance en toi, je crois que j'aurai eu des doutes. Il avait l'air tellement convainquant.

- Oui je sais, il m'avait prévenu qu'il nierait et me ferait passer pour une menteuse.

Steve regarda Will et lui demanda l'autorisation de monter voir son ami. Il accepta sans hésiter.

- Ce que je trouve étrange chez mon fils, ma chérie, c'est que je ne l'ai jamais vue comme ça. J'ai l'impression qu'il y a quelque chose dont il n'ose pas parler. Un poids qui pèse tellement qu'il ne sait plus quoi faire.

- Il a peut-être été tout simplement vexé que tu l'ais appris alors qu'il n'était pas présent. Et puis il doit sûrement se chercher, faire les bons choix pour son avenir ce n'est pas évident à son âge, il est jeune.

- Je suis sûr qu'il a un problème ! Insista Will. Ce n'est pas lui, ce n'est pas le garçon que je connais.

Jamie lui suggéra d'attendre que cela passe et d'en parler avec lui. Elle pouvait sentir son inquiétude. Il décida de suivre son conseil et de parler à son fils dès le lendemain.

La jeune femme monta prendre une douche et en passant devant la porte de la chambre de Marc, elle surprit une bribe de conversation qui la choqua. Le jeune homme parlait à son ami et semblait convaincu des mots qu'il prononçait. Il jurait et parfois s'énervait en prétendant qu'il n'était en aucun cas responsable des appels donnés à Jamie. Steve lui rappela qu'elle possédait des enregistrements. Il répliqua qu'ils pouvaient être faux et montés de toutes pièces. Jamie eut envie de lui dire qu'ils étaient vrais mais elle n'en fit rien. Elle partit se doucher en se demandant pourquoi il persistait autant dans son mensonge. Elle se promit de le percer à jour. *Tu n'as qu'à bien te tenir Marc, je te prouverai le moment venu qu'ils sont bien réels ces enregistrements.*

Elle préféra dîner à l'extérieur avec Will pour ne plus penser à cette horrible soirée.

Chapitre 17

Sur le chevet du lit, le téléphone de Jamie se mit à vibrer. D'une main hésitante, elle l'attrapa.

- Oui, allo ? Dit-elle d'une voix rauque.

Elle se redressa et constata très vite que Will n'était plus près d'elle.

- Allo ? Reprit-elle.

Je ne pensais vraiment pas que tu aurais le courage d'en parler à mon père mais ce n'est pas grave comme ça, tout le monde saura à quel point je t'aime. On pourra enfin être heureux tous les deux et se débarrasser de lui.

Son sang se glaça, elle prit peur de nouveau et raccrocha son portable violemment. Elle se leva, furieuse et se rendit dans la chambre de Marc. Personne. Son lit était fait mais il n'y avait pas âme qui vive. Elle prit une douche rapide et appela Will afin de lui expliquer que Marc recommençait à lui téléphoner. Il promit de s'en occuper avant ce soir. Ce qui ne la rassura pas pour autant. Elle se rendit au bureau avec les mêmes angoisses qu'auparavant.

- Bonjour Jamie, dit Linda du bout du couloir.

La jeune femme ne répondit pas et s'enferma dans son bureau. Sans frapper, Linda entra.

- Que vous arrive-t-il ? Il y a un problème ?
- Non, y a pas de soucis. C'est... Seulement... Enfin Marc est rentré et j'ai reçu mon premier coup de fil de la journée. Vous comprenez ?
- Oh ! Fit la jeune femme. Je vois. Vous l'avez dit à Will ?
- Oui, je l'ai appelé ce matin et il m'a promis de s'en occuper et de voir avec son fils. J'aimerai tant qu'il soit plus autoritaire et qu'il lui demande d'arrêter tout ça une bonne fois pour toute. A vrai dire Linda, j'en ai marre.

Elle posa sa veste sur le perroquet, sa sacoche sur le bureau et s'assied. Sans attendre d'y avoir été invité, Linda reproduisit son geste et prit place face à elle.

- Ne désespérez pas, dit-elle. Je suis certaine que ça va vite s'arranger. Will est un homme merveilleux, il n'aura aucun mal à se faire entendre de son fils.
- J'espère que vous avez raison, ajouta-t-elle pensive.

Linda ne savait plus quoi dire, ni faire. Elle n'aimait pas la voir dans cet état. Sombrer dans ses pensées, n'était pas bon songea-t-elle.

- Linda, merci pour votre sollicitude, vraiment j'apprécie. Je vais me remettre au travail maintenant.

La secrétaire se leva pour quitter le bureau.

- Au fait ! Encore merci, vous êtes une véritable amie.

Elle sortit souriante. Jamie composa le numéro du détective privé. Quelques sonneries puis il décrocha.

- Oui, allo ?
- Monsieur Stills ? C'est Jamie.
- Ah, vous allez bien ? Je ne vous ai pas encore apporté mon dernier rapport. Vous le voulez maintenant ? S'inquiétait-il.
- Non du tout, en fait je voulais vous prévenir que Marc était rentré et que ce matin j'ai reçu mon premier appel.
- Il a recommencé ?
- Oui, comme vous dites, il a recommencé. Mais il faut savoir que nous lui avons parlé hier et je lui ai appris que nous avions des preuves de son harcèlement. Et vous savez quoi ? Eh bien, il a nié. Il a joué l'indifférent, et ce matin, nouvel appel. Pour tout vous avouer, je suis las de ce garçon, sans compter que cette situation m'insupporte.
- Je comprends dit Stills. Vous avez essayé de lui faire peur, de lui dire que… Vous alliez porter plainte s'il continuait, par exemple.
- Porter plainte ? Vous n'y pensez pas ! Will risquerait de mal le prendre.
- Vous lui en avez parlé ?
- Non.

- Alors expliquez-lui que c'est uniquement pour lui faire peur, je suis sûr qu'il comprendra.

La jeune femme se réfugia dans ses pensées et commençait involontairement à anticiper la réaction de Will.

- OK finit-elle par dire. Je vais lui en parler dès qu'il récidivera.
- Je suis certain que c'est la bonne décision Jamie. Vous verrez ça fait toujours peur la police pour un jeune. Et en cas de besoin, je vous apporterai les enregistrements dès que possible.

Ils finirent par des formules de politesse et raccrochèrent. Jamie raconta à Linda ce que Stills lui conseillait de faire. Elle approuva en lui rappelant que cela ne serait sûrement pas facile. Elle s'en doutait mais appréhendait surtout la réaction de Will. Elle ne voulait pas qu'il souffre ou encore moins lui faire de la peine.

- Jamie, vous souhaitez que je fasse entrer votre prochain rendez-vous ?

La jeune femme reprit ses esprits et sortit le dossier de son client.

- Oui, mais dans cinq minutes. Laissez-moi le temps de feuilleter rapidement son dossier s'il vous plaît.

Linda fit un signe de la tête pour dire qu'elle était d'accord et sortit du bureau.

Quelques minutes plus tard, un petit homme corpulent à la chevelure de jais, entra dans son bureau, d'un pas pressé et prit place en face d'elle.

- Bonjour, dit-il une fois assis.
- Bonjour, répondit Jamie sans lever le nez du dossier. Je vous demande deux minutes et je suis à vous.

Le petit homme ne tenait pas en place, il semblait pressé ou préoccupé. Il gesticulait sans cesse sur sa chaise. Elle n'arrivait pas à définir l'état dans lequel il se trouvait. On aurait dit un drogué en manque. Son dossier ne contenait que cinq pages, la lecture en fut rapide.

- Je vois qu'on vous accuse de vol à l'étalage, dit-elle enfin en levant la tête vers cet homme qui paraissait l'agacer.
- Oui c'est vrai, mais je suis innocent.

Elle ne répondait pas. De toutes les personnes qui venaient la voir en clamant leur innocence, plus de la moitié étaient coupables ou récidivistes. Pour l'instant, elle préféra s'en tenir aux faits inscrits sur le procès-verbal et comprendre ce qui s'était réellement passé car après tout, coupable ou non, son devoir était de le défendre au mieux.

La sonnerie de son portable venait de troubler son entretien. Elle avait omis de le mettre sur vibreur. Elle dut décrocher.

- Excusez-moi, dit-elle en s'adressant à son client.

L'homme resta assis et observait sans rien dire.

- Allo ? Fit-elle presqu'à mi-voix.
- C'est moi ma chérie, je suis vraiment heureux de t'entendre. J'ai besoin de toi dans ma vie et je ferai tout pour la passer avec toi. Je t'aime.

Sans la laisser parler, il raccrocha. Elle était livide et sa respiration s'accélérait.

- Quelque chose ne va pas ? Dit l'homme en face d'elle.

Jamie coupa son téléphone et le rangea dans son sac.

- Tout va bien merci, c'est juste un plaisantin qui s'amuse.

Elle ferma le dossier et regarda cet homme bien en chair dans les yeux. Elle lui expliquait que son casier judiciaire étant vide, il y aurait, d'après elle, un simple rappel à la loi. Bien que simple ne soit pas le mot qu'il convenait d'utiliser.

Il craignait un procès. Elle confirma qu'il passerait effectivement devant le juge mais le rassura encore une fois en appuyant sur le fait qu'il n'y a pas eu de violences ni de dégradations. Elle confia que connaissant bien le juge, il s'en tiendrait à un rappel à la loi mais le prévient qu'il ne devrait en aucun cas recommencer car le juge serait moins clément en cas de récidive.

Le petit homme la remercia et attendait maintenant la date d'audience.

- Linda ? Appela Jamie à l'interphone.
- Oui ? Je fais entrer la prochaine personne ? S'inquiétait-elle.
- Non pas maintenant, vous pouvez venir me voir ?

Elle s'exécuta, entra et referma la porte derrière elle. Linda sentait qu'il se passait quelque chose et se doutait de ce que cela pouvait être.

- Qu'y a-t-il Jamie ? Il a rappelé c'est ça ?
- Oui c'est ça. Linda, j'en ai marre de lui. Je ne sais plus quoi faire !
- Vous avez parlé avec Will ?
- Oui ce matin, mais je suis sûr qu'il n'a pas eu le temps de voir son fils et de lui en parler.
- Rappelez-le, allez déjeuner avec lui et profitez-en pour lui faire peur ensemble.
- Merci Linda, vous êtes gentille de me soutenir comme vous le faites. Vous avez raison, c'est ce que je vais faire.

Elle reprit ses esprits et lui demanda de faire entrer la prochaine personne. Elle ne tarda pas et comme son premier client, elle boucla le dossier très vite et décida de rejoindre Will et de suivre les conseils de Linda. L'heure était venue de lui expliquer la proposition de Stills. Il ne la laisserait jamais tranquille se dit-elle. Elle ne voulait plus vivre avec cette peur au ventre. Il était temps qu'elle se batte.

Will, heureux d'être avec elle, comme à son habitude, la couvrit de baisers et s'empressa de l'enlacer.

- Bonjour ma petite femme, dit-il en gardant les bras sur ses épaules.
- Ça va mon ange ?
- Oui, maintenant que tu es près de moi. Et toi ma puce ça n'a pas l'air d'aller très fort ?
- Non en effet, fini par dire la jeune femme. J'ai eu un autre appel de ton fils en plein rendez-vous. Cela a été très déstabilisant pour moi, je te laisse imaginer.

Will s'en voulait. Il sentait bien qu'elle en souffrait encore. Il se vit désemparé, à ne plus savoir que faire. La jeune femme se pelotonna contre lui, cela la rassurait de le savoir proche d'elle. Il la serrait et l'approchait plus près de son torse.

- Tu veux que je lui parle tout de suite ?

- En fait, c'est la raison pour laquelle je voulais te voir ce midi. J'ai contacté Monsieur Stills et il m'a conseillé de lui faire peur en lui disant qu'on allait porter plainte s'il continuait. J'aimerai que tu me dises ce que tu en penses et surtout si tu te sens prêt à lui dire ça, il n'y a pas de soucis. Je ne voudrais en aucun cas te forcer la main ou te laisser agir contre ton gré.

Will frotta son menton avec deux doigts. L'idée de devoir porter plainte un jour contre son fils unique ne lui plaisait pas mais, il se dit qu'il n'avait nul autre choix et, que pour le bien de tous, il devait savoir exactement ce qui se passait dans la tête de son fils.

- Je vais lui parler dès ce soir et nous allons lui annoncer notre décision de porter plainte contre lui au prochain faux pas. Dès que tu auras Stills en ligne ou si tu le vois, n'oublie pas mon amour de lui demander les bandes enregistrées où on l'entend te dire toutes ces bêtises.

Jamie leva la tête. Elle n'en croyait pas ses oreilles. Il venait d'accepter sans se poser la moindre question.

- C'est vrai, ça ne t'ennui pas de lui dire ? Et en plus tu me demandes d'être avec toi ?

- Oui, je te veux près de moi, à mes côtés toute la vie. Je ne vais pas le laisser te faire du mal ainsi.

Le visage de Jamie s'illumina. Elle était certaine de partager la vie d'un homme incroyablement bon et généreux mais aussi d'une grande fragilité conglomérée à une infinie gentillesse. Elle s'en réjouissait.

- Je t'aime, dit la jeune femme en cherchant la douceur de ses bras.
- Oh, mais je n'en doute pas une seconde, ajouta-t-il avant de rire.

Elle repartit travailler complètement soulagée et appela le détective pour lui demander de bien vouloir lui apporter les bandes ainsi que son rapport au bureau dès que possible. Stills comprit que la machine était lancée, que le compte à rebours venait de commencer pour elle. Il se prépara et lui apporta tous les enregistrements ainsi que ses notes et rapports. Elle possédait à présent, tout l'attirail nécessaire. Linda venait la voir de temps en temps pour prendre de ses nouvelles et la soutenir en cas de besoin. Elle constata que la jeune femme s'en sortait très bien toute seule et avait repris confiance en elle.

Jamie appréciait tout ce qu'elle faisait, même si elle ne lui disait pas. Elle la considérait comme une véritable amie mais surtout elle pouvait compter sur elle en cas de besoin et c'était ce qui lui importait le plus.

* *
*

Marc s'occupait comme il le pouvait. Steve semblait distant avec lui. Il ne cernait plus son ami et avait l'impression d'avoir perdu sa moitié. Il errait telle une âme en peine. Will entra et découvrit Marc affalé sur le sofa devant la télévision.

- Et bien ! La vie est belle mon fils, tu n'as rien à faire pour t'occuper ? Tu ne dois pas reprendre le travail ? Je ne suis pas certain que la télé t'apporte un quelconque épanouissement.

- Je te rassure 'pa, je ne suis pas resté comme ça toute la journée. Ça fait à peine une heure que je suis là.

- Je ne cherchais pas à te contrarier en disant cela mais je pensais seulement à toi car si tu passes toutes tes journées assis devant la télé tu risques de déprimer à la longue.

Marc enleva ses pieds de sur la table basse et se redressa. Will s'approcha de lui, et lui demanda comment c'était passé sa journée et ce qu'il avait fait. Le jeune homme expliqua très succinctement son programme. Will ne l'écoutait qu'à moitié, il s'impatientait de l'arrivée de Jamie.

La porte s'ouvrit enfin pour la laisser entrer. Will se précipita à son cou sous le regard désireux de Marc.

- Ça va mon amour ? Donne-moi ta veste, je te débarrasse et va te mettre à l'aise, je vais t'apporter un apéritif.

La jeune femme l'embrassa langoureusement et rejoint Marc sur le sofa.

- Salut Jamie, dit-il. Tu as passé une bonne journée ?
- Oui très bonne et toi Marc, comment s'est passée la tienne ?

Will apportait des vodkas orange et les posa sur la table.

- Alors ma chérie, depuis tout à l'heure comment vas-tu ?
- Ça va, grâce à toi.

Elle se cala contre lui en révélant à Marc l'amour qu'elle avait pour son père. Il passa son bras autour d'elle en la serrant davantage contre lui.

- Marc, il faut qu'on parle tous les trois. Cela devient sérieux.
- Ah bon, je vous écoute. De quoi vous voulez parler ?

Jamie ne dit rien. Elle se contentait d'être spectatrice.

- Marc, dit Will en changeant de voix. J'aimerai que tu me dises ce qui ne va pas. Que t'arrive-t-il mon fils ?
- Je ne comprends pas de quoi tu parles. Je vais très bien.
- Ça va venir, continuait Will. Je sais de source sûre que tu n'arrêtes pas de harceler ma femme au téléphone. Que se passe-t-il ? Tu es vraiment amoureux d'elle ou tu veux juste me faire souffrir ? Ou simplement m'empêcher d'être heureux ?

Le jeune homme se sentait agressé.

- Vous n'allez pas recommencer avec ça ! J'ignore de quoi il s'agit.
- S'il te plaît Marc, arrête de nous prendre pour des imbéciles ! Tu vas nier également que tu l'as appelé deux fois aujourd'hui ?
- Aujourd'hui !? C'est n'importe quoi !

Will se leva comme s'il présidait une réunion.

- Mon fils, je ne vais pas y aller par quatre chemins, nous avons des preuves de ce que nous avançons et crois-moi, au prochain appel, même pour t'excuser ou pour tout autre motif, nous allons porter plainte contre toi pour harcèlement et, ne me mets pas au défi, car je le ferai !

Jamie ne disait toujours rien, elle observait.

- Porter plainte !? Contre moi !? C'est complètement absurde ! Je suis ton fils quand même !
- J'en suis conscient, mais je serai contraint de le faire si tu m'y obliges. Tu vois cette femme dit-il en désignant Jamie, c'est la femme avec qui je veux vivre, je suis heureux avec elle, alors je te le demande, ne gâche pas tout.
- C'est un comble ! Vous m'accusez alors que je ne suis pas responsable de ce qui lui arrive !
- Marc s'il te plaît, intervient Jamie. Des gens comme toi qui se disent innocents, j'en vois tous les jours au bureau. Ça te sert à quoi de nier comme tu le fais. On sait très bien tous les deux que tu m'appelles et, ce que tu me dis. Alors sois honnête avec toi-même et arrête de m'ennuyer comme tu le fais.
- J'espère que tu n'es pas en train de fantasmer sur moi et que tu m'accuses à tort !
- Quel toupet ! Tu sais au fond de toi que ce que j'avance est vrai. Je crois que j'ai été assez patiente avec toi jusque-là. Comme ton père vient de le dire, nous allons porter plainte. Ne nous donne pas l'occasion de le faire.

Marc n'était plus crédible aux yeux de son père. Son attitude fragile et ambiguë dérangeait Will.

- Marc, tu es prévenu ! Dit-il sur un ton autoritaire. Au prochain faux pas, nous ne te raterons pas !

Le jeune homme se leva fou de rage et sans rien dire prit congé des deux adultes qui s'étaient alliés contre lui. Will prit Jamie dans ses bras et la réconfortait.

- C'est fini mon amour, il ne devrait plus t'importuner.

Elle restait dubitative et attendait avant de se prononcer.

Chapitre 18

Une convocation arriva quelques jours plus tard au domicile du couple à l'attention de Marc. Il lui était fortement conseillé de se rendre au poste de police pour répondre de certains faits qui lui étaient reprochés. Marc sourit l'air détaché. Jamie avait eu raison de ne pas le croire car en effet, il avait récidivé ses appels et devenait vraiment menaçant.

Arrivé au poste de police avec sa convocation, il fut accueilli par un gendarme qui l'accompagna dans une salle d'interrogatoire avec pour seule compagnie une caméra et un magnétophone.

- Mettez-vous à l'aise, dit le policier en fermant la porte.

Le jeune homme prit place et scrutait le lieu qui l'impressionnait. Il ne le connaissait que dans les films. Un gendarme de forte corpulence et de grande taille entra dans la salle. Une jeune femme l'accompagnait.

- Bonjour Monsieur, dit le gendarme avec une voix grave et forte. Tout d'abord, je dois vous prévenir que l'interrogatoire sera filmé. Maintenant, déclinez votre identité et ensuite je vais vous expliquer ce pourquoi vous êtes là.

Le jeune homme donna son nom et son prénom timidement. Le gendarme ouvrit le dossier qu'il tenait et commença son interrogatoire.

- Vous êtes le fils de Monsieur Beckett William ?
- Euh… Oui pourquoi ?
- Répondez juste par oui ou par non ! C'est tout ce qu'on vous demande pour le moment ! Alors ? C'est votre père ?
- Oui dit-il avec une voix presque inaudible.

Le gendarme continuait.

- Est-ce que le nom de mademoiselle Jamie Lee Baxton, vous dit quelque chose ?
- Oui, c'est ma…
- Par oui ou par non ! C'est tout !
- Oui.

Le gendarme s'assied près de lui et lui explique enfin ce qui lui était reproché.

- Monsieur, vous êtes accusé de harcèlement moral ainsi que de menaces réitérées à l'encontre de mademoiselle Jamie Lee Baxton. Que pouvez-vous nous dire de tout cela ?

Marc égal à lui-même niait les faits et faisait croire à un complot contre lui. Le gendarme observa le jeune homme et ne put s'empêcher d'intervenir en tapant du poing sur la table.

- Ne me prenez pas pour un con ! Si je vous dis qu'en plus j'ai des preuves de ce que j'avance ! Hein ? Je suis sûr qu'on fait moins le malin maintenant !
- Des preuves ? Comment vous pourriez avoir des preuves ? Mais surtout quelles preuves auriez-vous ?
- Mon garçon, continuait le gendarme avec un ton qui se voulait plus compatissant, j'ai des preuves qui peuvent, si tu ne fais pas attention, t'emmener tout droit en prison et pour un bon bout de temps. Alors continue de nier et je te le sors !

Marc ne comprenait pas comment il pouvait y avoir des preuves sur ses conversations avec Jamie. Curieux et incrédule, il attendait de voir.

- Je ne sais pas de quoi vous me parlez, je n'y comprends rien.

Excédé, le gendarme s'empara du magnétophone posé au coin de la table et y inséra une petite cassette.

- Tu veux qu'on l'écoute ?

Marc tremblait intérieurement mais avait toujours du mal à y croire. Il pensait à du bluff.

Tu te serais fait piéger ! Imbécile, comment t'as pu te faire avoir ! Merde, et si c'était vrai ? Songea-t-il.

- Allez-y, je ne sais même pas ce que ça peut être.

Un sourire se formait sur le coin des lèvres du gendarme. Il appuya sur le bouton lecture et on pouvait entendre distinctement la voix de Marc et celle de Jamie. Il lui faisait une déclaration comme il savait bien les faire.

Le jeune homme n'en crut pas ses oreilles. Il était sous le choc, anéanti.

- Alors mon garçon ? Je continue ? Tu sais j'en ai d'autres comme celui-ci et, ce n'est pas un des meilleurs.

Après presqu'une heure de dénégations, ce jeune homme fort qu'il laissait paraître en arrivant, finit par craquer et fondre en larmes.

Le gendarme lui apporta une petite bouteille d'eau.

- Calme-toi, mon grand. Bois un peu et on reparle de tout cela ensuite.

Marc obéit et bu.

- Allez, dis-moi, maintenant tu reconnais les faits ?
- Oui, dit-il en reniflant.

Le gendarme satisfait, ferma le dossier.

- Je t'écoute, raconte-moi pourquoi tu lui as fait ça.

Le jeune homme prit une grande inspiration et se mit à expliquer.

- Au début, je ne voulais pas, j'ai été victime moi aussi de chantages et puis lorsque j'ai appris que mon père avait une femme, je lui en ai voulu et j'ai flipper.

Le gendarme lui demanda davantage d'explications car sa réponse ne lui satisfaisait pas.

- Mon père ignorait mon homosexualité et j'avais honte. Du coup, lorsqu'on m'a demandé d'harceler Jamie, je n'ai pas hésité.

Le gendarme ne releva que très peu de choses dans les mots de Marc.

- Ce que je ne comprends pas, ajouta l'homme, pourquoi, lorsque vous avez appris que votre père était au courant pour votre homosexualité, pourquoi avoir continué ?
- On va dire que j'étais en colère, j'en voulais à tout le monde. D'abord à Steve pour avoir révélé notre secret et ensuite à Jamie pour avoir parlé de mes appels. Mais je crois que j'en voulais principalement à mon père pour sa compréhension quant à ma relation avec Steve. Tu penses que ça te donnait le droit de

t'acharner sur Mademoiselle Baxton comme tu l'as fait ?
- Non c'est vrai, mais…
- Mais quoi ? Maugréa le gendarme.
- Euh… Rien.

Le gendarme regarda le jeune homme dans les yeux. Il sentait qu'il dissimulait une partie de la vérité.

- Que caches-tu ? Hein ?

Il s'approcha de lui, Marc baissa les yeux.

- Laissez-moi partir maintenant, je vous ai tout dit.
- Oh, sûrement pas ! Pour tout t'avouer, je suis persuadé que tu me caches autre chose d'important. Tu es en sécurité ici, tu peux parler sans crainte.

Le jeune homme se mit de nouveau à trembler à l'intérieur de son corps. Il n'arrivait plus à gérer la situation, tout allait beaucoup trop vite pour lui. Il avait essayé de lui expliquer mais le gendarme fit la sourde oreille et maintenant, il voudrait lui faire peur en le menaçant ? Il l'avertit que son père et sa belle-mère étaient dans une autre pièce et attendaient une confrontation. Apeuré, il refusa. Il cherchait tous les prétextes pour ne pas les rejoindre et essaya d'échapper à ce tête-à-tête familial.

- Je t'accorde le temps qu'il te faudra pour être prêt dit l'homme en uniforme, mais tu devras y aller, c'est une des formalités à laquelle je tiens et qui malheureusement est obligatoire dans mon service.

Marc se sentait vraiment très mal et supporterait difficilement le regard de son père ainsi que celui de Jamie. Désorienté et abattu, la situation qu'il avait engendrée lui échappait. Il ne contrôlait plus rien et s'en voulait du mal causé.

Le gendarme sortit de la pièce en lui précisant que lorsqu'il serait prêt, il n'aurait qu'à prévenir en tapant à la porte et il viendrait. Le jeune homme garda la tête dans ses mains et ne répondit pas. L'homme se retira et ferma derrière lui. *Tu t'es bien fait avoir ! Pauvre idiot !* Il frappa avec la paume de sa main sur la table tout en fulminant. Il ne s'était pas rendu compte que la caméra le filmait encore. De l'autre côté de la glace sans tain, le gendarme examinait attentivement ses réactions. Il pouvait jurer que le jeune fardait des éléments importants mais, ignorait ce que cela pouvait être.

- Allez mon garçon, parle ! Dis-nous ce que tu caches ou qui tu essaie de couvrir ! Marmonnait-il.

Marc monologuait mais ses mots restaient imperceptibles à l'oreille. Il se demandait surtout à quel moment on l'avait piégé mais aussi qui l'avait fait.

Après trois quarts d'heure de colère, d'incompréhension et de remise en question, Marc demanda à ce que le gendarme revienne.

- Ça y est, tu es décidé à voir ton père ?
- Non, j'ai quelques questions à vous poser avant de le voir.

Le gendarme s'assied sur la chaise qu'il tourna à l'envers face à Marc.

- Que veux-tu savoir ? Je t'écoute.

Le jeune homme inspira profondément et posa ses questions.

- Dites-moi, comment avez-vous eu ces enregistrements ?

Le gendarme embarrassé répond.

- C'est confidentiel, je n'ai pas le droit de te le dire.
- Dites-moi seulement si on vous les a envoyés ou si c'est mon père ou Jamie qui vous les a donnés.

Le gendarme voulait lui dévoiler la vérité mais il était tenu par le secret professionnel.

Même s'il mourrait d'envie de le savoir, Marc comprenait, mais sa curiosité prenait le dessus.

- Même si je vous promets de ne rien dire ?
- Non je ne peux pas, en plus ce ne serait pas correct pour la personne.

- D'accord, j'ai compris, vous ne me direz rien. Ce n'est pas grave.

Le gendarme se leva et lui demanda s'il était prêt pour la confrontation ou non. Le jeune homme répondit positivement.

- Viens, nous allons changer de salle. Tu vas pouvoir t'expliquer avec eux.

Ils prirent la direction de la salle d'audition à l'autre bout du couloir. A mesure qu'ils s'approchaient, la douleur et le regret s'emparaient de lui. Une boule au ventre se fit de plus en plus présente.

Chapitre 19

Will et Jamie commençaient à s'impatienter. Personne n'était venu leur dire ce qui se passait avec Marc. Will d'ordinaire très calme, faisait les cent pas et ne tenait plus en place. La salle inconfortable renfermait une atmosphère glaciale. Une petite table noire d'un mètre carré trônait au milieu de la pièce. Des stores blancs poussiéreux descendaient le long des vitres. Une ampoule avec douille et fils apparents était accrochée au plafond et illuminait la pièce de longs filets d'or que la poussière laissait apparaître. Une femme typée hispanique, pénétra dans la salle, un dossier dans les mains.

- Vous êtes le père de Marc ? Questionna-t-elle.

Will s'approchait d'elle.

- Oui c'est bien moi. Il va bien ? Il est où ?

- Attendez, une seule question à la fois. Il va bien oui et vous allez le voir d'un instant à l'autre. Il faut que vous sachiez avant toute chose qu'il a avoué. Il a en effet reconnu, après avoir écouté un enregistrement, qu'il était bien responsable et, j'ai cru comprendre que votre fils avait un problème.

- Un problème ? S'inquiéta Will.
- Rien de grave pour ma part, mais il cherche à dissimuler des informations qui pourraient se révéler importantes. Nous ne devons rien négliger et, en général, conclut la femme, j'ai du flair pour ce genre de chose.
- Que peut-il vouloir dissimuler ? Interrogea Jamie.
- A vrai dire je l'ignore. Il arrive ! Essayez d'en savoir un peu plus que moi.

Un officier s'écarta et Marc apparut. Will fut rassuré en voyant son fils.

- Tu vas bien ? Lança-t-il en le serrant fort contre lui.
- Oui, je vais bien ne t'inquiète pas.

Le gendarme comprenait ce que le père pouvait ressentir. Il avait lui aussi des enfants bien que très jeunes encore, il compatissait. Il demanda à Marc de s'asseoir. Sans protester, sans rien dire, il obéissait.

- Je vous laisse vous entretenir ensemble. Si le besoin se fait ressentir, j'interviendrai.

Will observa son fils et s'approcha de lui. Il s'agenouilla face à lui et souhaitait comprendre.

- Dis-moi mon grand, pourquoi as-tu agi comme ça avec Jamie ? Tu es vraiment amoureux d'elle ?

Une larme glissa le long de sa joue. Il n'osa pas affronter le regard de son père ni celui de Jamie, il avait honte. Il leva finalement les yeux vers son père et lui confia.

- Papa, je suis désolé. Je suis franchement désolé de vous avoir fait souffrir tous les deux.
- Pourquoi tu as fait ça ? Ce n'est quand même pas sans raison ? Explique-moi fiston.

Will souhaitait comprendre. Tout ceci signifiait pour lui bien plus qu'un acte anodin. Il trouvait la situation très grave.

- En fait, comme Steve te l'a dit, je ne suis pas hétéro. J'ai tellement honte de moi, confia Marc.
- Honte pourquoi ? Continua Will. D'avoir fait souffrir Jamie ou bien d'être comme tu es ? Que les choses soient claires, tu n'as aucune honte à avoir concernant ton orientation sexuelle. Il n'y aura jamais deux hommes identiques sur cette terre. Il te faut assumer tes choix et être fier de ce que tu es.

Il prit la chaise qui se trouvait derrière Marc et s'installa face à lui, à hauteur égale. Le jeune homme se redressa afin d'être au même niveau que son père.

- Honte d'avoir fait souffrir Jamie oui, mais surtout de ne pas t'avoir fait suffisamment confiance pour te raconter ce qui se passait entre Steve et moi.
- Je ne t'en veux pas mon grand, et puis laisse-moi te dire que ça n'a été facile, ni pour lui, ni pour moi. Je me suis fait une raison et surtout je t'aime mon fils c'est le plus important.

Marc sourit pour la première fois depuis longtemps. Son père l'enlaça tendrement.

- Tu seras toujours mon fils et je t'aimerai qu'importent tes choix.

Il se tourna vers Jamie qui était assise sur une chaise à sa gauche et qui semblait émue par le spectacle auquel elle assistait.

- Je ne sais vraiment pas pourquoi j'ai accepté de faire ça. Je m'en veux et je te demande pardon Jamie. J'espère que tu ne m'en voudras pas trop. Si ça ne tenait qu'à moi, tu n'aurais pas souffert. Tu es vraiment la femme qu'il faut à mon père et je t'aime.

Le sourire de Jamie s'effaça net. Will resta muet. Tout le monde observait Marc. Il riait de bon cœur.

- Je vous ai bien eu ! Bien sûr que je t'aime Jamie. Tu es formidable avec mon père. Tu es ma belle-mère donc je trouve normal de t'aimer.

Il approcha son visage du sien.

- Rassure-toi, je préfère quand même Steve à toi.
- Merci Marc, ajouta Jamie. C'est courageux de ta part de nous avoir ouvert ton cœur et j'imagine que ça n'a pas dû être facile pour toi. Une chose m'ennuie malgré tout, lorsque tu dis que tu ne sais pas pourquoi tu as accepté de faire ça. Tu peux développer s'il te plaît.

Marc venait de prononcer des mots sans y avoir fait attention. Il assumait pleinement car il lui devait bien une explication.

- Si je comprends bien, continuait la jeune femme, quelqu'un t'a demandé de me faire ça ?

Le gendarme et la femme, présents dans la pièce, prenaient des notes depuis le début et ne s'en tenaient qu'au poste d'observateur.

- Oui c'est vrai. Une personne que je ne connaissais pas, est venue me voir un matin, peu de temps après que tu aies rencontré mon père. Il m'a clairement fait comprendre que je devais faire exactement ce qu'il me disait. Si je ne le faisais pas ou si son plan ne fonctionnait pas, il se vengerait et détruirait chaque membre de ma famille un par un. J'ai eu peur et j'ai fait ce qu'il attendait de moi.
- Quoi ? Dit Will. C'est qui ? Tu le connais ?

- Attendez Monsieur Beckett ! Intervient le gendarme. Laissez-le finir. Si vous voulez que qu'on coince ce type, il vaut mieux qu'il nous dise tout ce qu'il sait. Continu, vas-y.
- Comme je vous ai dit, je ne le connaissais pas. Il m'a demandé si j'étais bien ton fils, dit-il en regardant son père et ensuite il a commencé à me parler de Jamie...
- De moi ? Interrogea-t-elle ?
- Oui de toi, il disait te connaître et ne voulait pas que tu restes avec mon père. Sincèrement, Jamie, c'est après toi qu'il en avait.

Le gendarme s'approcha de Marc et croisa son regard.

- Je ne sais pas pourquoi, mais j'en étais sûr. Si j'avais parié, j'aurais gagné ! Est-ce que tu peux me faire une description de cet homme ? T'a-t-il donné son nom ou un surnom ? Quelque chose, même sans importance pour toi, qu'il aurait dit ou fait et qui pourrait nous aider à le retrouver ?
- J'ai son nom dit Marc. Il s'appelle Peter Bolin.
- Quoi ? Peter t'a demandé de faire ça ! Mais comment a-t-il su où je me trouvais ?

Le gendarme nota le nom et s'adressa à la jeune femme en voulant savoir qui était cet homme. Jamie expliqua à tout le monde de quelle façon elle avait fui Los Angeles après une déception amoureuse pour venir s'exiler à Avranches. Et c'est, les larmes aux yeux que la jeune femme continuait. Le gendarme s'arrêta d'écrire après avoir noté le nom de l'individu. Elle raconta également qu'il lui avait fait la promesse que si elle le quittait, qu'elle ne retrouverait jamais le bonheur dans les bras d'un autre. La jeune femme frissonnait de peur. *Il sait où tu vis maintenant,* songea-t-elle.

- Tu as déjà été chez lui ? S'inquiétait le gendarme.
- Non jamais, il avait pour habitude de me donner rendez-vous à l'extérieur.

Marc se tourna vers Jamie.

- Il est stupide d'avoir donné son vrai nom, tu ne trouves pas ?
- Je suis sûr qu'il ne pensait pas échouer dans sa manière de faire. Je n'aurai jamais imaginé qu'il soit véreux à ce point.

Will prit la main de Jamie qu'il enveloppa entre les siennes en signe de réconfort. Jamie le remercia du regard.

- C'est bon, je crois que ça suffit pour aujourd'hui, conclut le gendarme. Vous allez pouvoir rentrer chez vous, mais si un détail ou un fait nouveau vous revenait, je vous encourage vivement à venir me voir sans tarder.

Il marmonnait. *Donc vous dites… Il s'appelle Peter Bolin… On ne sait pas où il habite…*
Il pointa son stylo vers le ciel et s'adressait aussi bien à Marc qu'à Jamie.
- Vous ne me l'avez pas décrit ?

Marc prit la parole.
- Il n'est pas très grand, environ 1m75 maximum, il a les cheveux courts et particulièrement sales. Je ne l'ai jamais vu rasé. J'ai cru remarquer une petite cicatrice sous son œil… Gauche ! Oui c'est ça ! Sous son œil gauche on peut observer une petite cicatrice en zigzague.

La femme ainsi que le gendarme prenaient des notes. Un autre homme dans le fond de la pièce prit la parole.
- Son visage, plutôt rond ou ovale ?

C'était le dessinateur de portrait-robot.
- Ovale ! Répondirent Jamie et Marc d'une même voix.

Il tourna une grande feuille qu'il tenait face à lui en leur demandant s'il manquait des détails au portrait-robot qu'il venait de réaliser.

Médusés et bouché bée par le visage qui leur faisait face, ils répondirent tous les deux par la négative. Le gendarme les remerciait d'être venus. Il leur expliqua qu'il ferait tout ce qui est en son pouvoir pour le retrouver et mettre fin à ce cauchemar. Il souhaitait savoir si Peter était de nature violente ou pas. Jamie lui avoua ne l'avoir jamais vu en colère et qu'il possédait un calme à toute épreuve. Le gendarme dubitatif secoua la tête en levant les yeux vers le ciel. Pou lui, il ne subsistait aucun doute que chaque personne renfermait, en lui, une petite part de colère ou de violence.

- Je vous promets de faire tout ce que je peux pour le retrouver. Il ne vous ennuiera plus. Allez, maintenant, rentrez chez vous. Je vous appellerai lorsque j'aurai du nouveau. Le couple encadra Marc et rentrait.

* *

*

Le lendemain soir, alors que tout le monde s'appétait à se coucher, le crissement des pneus d'une voiture se fit entendre dehors. Will écarta doucement les rideaux et remarqua une voiture de police garée en face de chez eux. Un policier en uniforme descendit de la voiture et se mit à courir en direction de la maison. Will ouvrit avant qu'il ne frappe. Le policier les saluait.

- Monsieur Beckett ? Bonjour !
- Bonjour répondit Will, que se passe-t-il ?

L'homme légèrement essoufflé continuait en s'adressant à Jamie.

- Nous avons appréhendé un homme répondant au signalement que vous nous avez communiqué et nous aimerions que vous veniez l'identifier.
- Maintenant ? A cette heure ?
- Oui c'est très important car nous n'avons aucun motif valable pour le garder cette nuit et nous voulons éviter qu'il ne s'enfuît.

Will appela Marc qui était déjà monté se coucher et tous les trois suivirent l'officier de police jusqu'au poste pour l'identification.

Derrière une glace sans tain, quatre hommes se tenaient face contre le miroir. Marc eut peur d'être vu. Jamie lui expliqua le fonctionnement de ces miroirs, mais il ne se sentait pas à l'aise.

- Surtout n'ayez aucune crainte, dit le policier. Ils ne peuvent pas nous voir. Je vous demanderai de bien prendre votre temps et de me dire qui est Peter Bolin. Surtout prenez votre temps.

Sans aucune hésitation, tous les deux désignaient le numéro 3. Le gendarme leur sommait d'être sûrs d'eux afin de ne pas commettre d'erreur. Ils affirmaient tous les deux qu'il n'y avait aucun doute possible. Le gendarme savait qu'ils disaient vrai car les trois autres hommes étaient des policiers en civil.

- Mais dites-moi ? Ajouta Jamie. Qu'allez-vous faire de lui ? Que va-t-il se passer ?

- Vous connaissez le principe, nous allons le remettre à la justice, mais je vous rassure, c'est un de vos confrères qui prendra cette affaire. Nous allons aussi demander un mandat lui interdisant de vous approcher à moins d'un kilomètre au moins, vous ou votre famille. Dans tous les cas, et ce jusqu'à qu'il reparte chez lui à Los Angeles, nous allons avoir un œil sur lui. N'ayez pas de soucis à vous faire, il ne vous arrivera rien, vous pouvez me croire.

La jeune femme éprouva un profond soulagement. Elle se tourna vers Will et avec un sourire radieux lui dit :

- Alors ma famille, on rentre ?

Les deux hommes de sa vie se regardaient et riaient de bon cœur. Jamie se serra contre Will.

- Eh tous les deux ! On y va ?

- Oui mon fils on y va. On rentre chez nous.

A peine rentré, Marc se rua sur le téléphone et appela son ami.

- Steve ? C'est moi. Tu vas bien ?

- Marc ? Ouah ! Je suis heureux de t'entendre. Mais il est tard ! Qu'y a-t-il ? Tu as des problèmes ?

- Mais non je n'ai pas de problèmes. Il faut que je te raconte tout ce qui s'est passé bébé.
- Bébé ?

Steve ému n'en croyait pas ses oreilles. Son exaltation fut immense.

- Tu m'as appelé bébé ? Mon chou.
- Oui et ça ne va plus changer ! Maintenant que tu as mis mon père au courant. Je ne t'en veux pas mais il y a certaines choses que je dois te raconter. J'ai même ramené un souvenir d'Italie et je suis pressé de te le montrer…

Marc avait retrouvé toute sa joie, sa bonne humeur et l'énergie d'antan. Quant à Steve, lui, reconquit le cœur de son ami.

Peter devait comparaître devant le tribunal d'Avranches. Il a demandé à être représenté par Jamie mais sa demande fut déboutée.

L'audience eut lieu très vite et il fut condamné à trois mois de prison avec sursis. Il devait payer une amende au tribunal ainsi qu'à Jamie mais il ne devait en aucun cas approcher la jeune femme ou les lieux qu'elle fréquentait au risque de se voir faire de la prison ferme.

Peter reprit donc le chemin pour Los Angeles. Il eut du mal à refaire une nouvelle vie. Le souvenir de Jamie le hantait et il sombrait dans la déprime.

Pendant plusieurs mois, il n'était plus que l'ombre de lui-même. Il ne réussit pas à l'oublier jusqu'au jour où une jeune femme combla le manque de celle qui restera à jamais dans son esprit. Il sortit de sa dépression.

Will et Jamie annonçaient leur mariage qui avait lieu dans quelques semaines. Ils savouraient tout le bonheur qu'un couple devrait connaître. Will, continuellement plein d'attention et d'affection pour sa princesse, se promit et promit à tout le monde de prendre soin de sa femme, de la rendre heureuse et de veiller sur elle jusqu'à leur dernier jour.

Quelque temps plus tard, le ventre de Jamie commençait à s'arrondir au grand bonheur de Will qui allait être à nouveau papa mais aussi de Marc et Steve.

La famille s'agrandissait au fil des années et Jamie se réjouissait d'avoir enfin trouvé l'équilibre dont elle avait toujours rêvé. Elle avait tout simplement trouvé le bonheur et elle comptait bien le vivre pleinement.